www.lenos.ch

Gianna Olinda Cadonau

Feuerlilie

Roman

Lenos Verlag

Der Verlag dankt der Studer/Ganz-Stiftung, der Kulturförderung Kanton Graubünden/SWISSLOS und der Stadt Chur für die Unterstützung.

Erste Auflage 2023
Copyright © 2023 by Lenos Verlag, Basel
Alle Rechte vorbehalten
Satz und Gestaltung: Lenos Verlag, Basel
Umschlagillustration: Andrew Boligolov / Shutterstock
Printed in Germany
ISBN 978 3 03925 031 8

Was ist mir zugedacht
an Fragen, dir in
deine dichter werdende
Fremdheit folgend?

Mariella Mehr

Vera

Am Bahnhof
Er wacht auf, als der Zug hält. Sein Kopf ist nicht vornübergekippt und unkontrolliert hin und her gezuckt und hochgeschreckt wie bei mir, wie bei vielen Zugschläfern. Sein Kopf kippte etwas nach hinten, die Augen waren manchmal ein bisschen offen. Ganz ruhig. Anfangs genierte ich mich, ihn zu beobachten, dann wurde auch ich ganz ruhig und betrachtete ihn. Seine Haut ist hellbraun, die Wimpern ziemlich dicht, kein Bart. Eine dünne Narbe zieht sich über seine rechte Wange, durchschneidet die rechte Augenbraue und verschwindet in der Mitte der Stirn, kurz vor dem Haaransatz.

Der Zug hält auf einer Brücke. Zwischen den Brettern der Brückenwand scheint Licht hindurch und zeichnet helle Flecke auf seine Haut. Seine Narbe verschwindet in den Licht- und Schattenzeichnungen auf seiner Haut. Er öffnet die Augen, sieht zum Fenster hinaus. Dann schaut er kurz zu mir und wieder zum Fenster hinaus.

Er sagt leise, mehr zu sich selbst als zu mir: »Ist das – sind wir ...«

Ich erschrecke ein bisschen, bin nicht sicher, ob er mit mir spricht, ob er eine Antwort möchte.

»Nein«, sage ich schliesslich und zucke die Schultern.

Er zögert, senkt den Blick, als ob er sich geirrt hätte. Mein Puls geht schneller. Ich ärgere mich, dass ich nicht mehr gesagt habe, einen ganzen Satz. Zum Beispiel: Ich weiss auch nicht – oder: Wir fahren sicher gleich weiter. Aber der Mann hat den Kopf wieder zurückgelehnt und die Augen geschlossen. Er öffnet sie auch nicht, als der Zug langsam wieder anfährt.

Wir steigen beide an der Endstation aus, ich vor ihm, stelle mein Gepäck auf den Boden, schaue dem Zug entlang zurück, dann zur gegenüberliegenden Talseite. Er bleibt neben mir stehen, gerade so weit entfernt, dass man sehen könnte, wir gehören nicht zusammen, wir haben nur im selben Zugabteil gesessen, mehr nicht. Eine Weile stehen wir da, betrachten die Berghänge, dunkle Nadelwälder, schmale, steile Bachbetten, Geröll, die Bergspitzen verdeckt von der Überdachung des Bahnsteigs. Dann wendet er sich zu mir, schaut auf sein Gepäck, überlegt eine Weile, schliesslich nickt er bestätigend, als hätte ich etwas gesagt, wendet sich ab und geht. Ich habe nicht darauf geachtet, ob sonst noch jemand aus dem Zug gestiegen ist, jetzt ist der Bahnsteig leer. Bis auf ihn. Ich schaue ihm nach. Er hinkt.

In der mittleren Gasse
Der Hausschlüssel hat einen violetten Schlüsselring. Ich habe ihn selten benutzt. Ich bin nie ohne die anderen hier gewesen, die auch alle einen Schlüssel hatten und von denen meistens jemand vor mir an der Haustür war.

Sophias Schlüsselbund ist mir zugeschickt worden, damit ich, falls nötig, in ihre Wohnung komme. Daran ist auch ihr Schlüssel zum Haus. Er hat einen metallenen Ring.

Das Haus ist alt, hundertdreiundsechzig Jahre alt. Ich weiss nicht, ob das sehr alt ist, so alt, dass man deswegen stolz sein kann. Soweit ich weiss, ist nichts Ungewöhnliches darin passiert, die Menschen haben darin gelebt und sind darin gestorben, wie sonst wo auch. Ich kenne ihre Geschichten nicht genau. Wenn das Wetter umschlägt, knackt es im Gebälk unterm Dach. Im Keller und im anliegenden Stall, der schon seit Jahrzehnten leer steht, ist es manchmal ein bisschen unheimlich. Mehr ist da nicht.

Ich packe mein Necessaire aus, stelle alles ins Bad, lege meine Kleider in den grossen Schrank im Schlafzimmer und räume die wenigen Lebensmittel, die ich mitgebracht habe, in den Kühlschrank ein. Es ist Freitagabend.

Mit Sophia bin ich oft durchs Dorf gegangen, am liebsten dann, wenn es wie jetzt menschenleer war. Wir sind den Dorfbewohnern selten begegnet, in der Beiz waren wir immer nur nachmittags, haben auf der kleinen Terrasse heisse Schokolade mit Rum getrunken, oder Campari, je nach Jahreszeit, und geraucht.

Jetzt sitze ich am Küchentisch auf der Eckbank, klappe meinen Laptop auf und versuche, einen Arbeitsplan für die nächsten Wochen zu machen. Eine Weile gelingt das ganz gut, dann schaue ich aus dem Fenster auf das Nachbarhaus, ich sehe nur das Dach und darüber die Berge, die jetzt schwarz sind vor dem dunkelblauen Himmel. Ich denke an den Mann im Zug und bin froh, ist Sophia jetzt nicht hier und sieht mich an. Sie würde merken, dass ich nicht bei der Sache bin, nicht an die Arbeit denke, sondern an etwas anderes, wonach sie fragen würde.

In der Beiz
Es dauert ein paar Tage, bis ich ihn wiedersehe. Er steht oben an der steilen Strasse, schaut eine bemalte Hausfassade an, sieht hinauf zum Dorfrand und zur Kirche. Ich bleibe stehen. Betrachte ihn, wie er wieder die Fassade mustert, ein bisschen der Hausmauer entlanggeht, in den Himmel blickt, als müsse er dort etwas prüfen, wieder die Mauer an-

sieht und dann mich. Wir sehen uns an, die steile Strasse zwischen uns. Ich denke daran, dass ich schon weiss, wie seine Stimme klingt, dass mich das beruhigt. Einer von uns könnte sich jetzt abwenden, dann könnten wir das aufschieben, für eine weitere Weile, das erste Gespräch zwischen zwei Fremden, die Fragen, wer der andere ist, die andere, warum er hier ist und ich, warum gerade hier.

Stattdessen setzt er sich in Bewegung, die Strasse hinunter in meine Richtung. Ich bleibe stehen. Er hinkt stärker beim Abwärtsgehen, die Hände in den Manteltaschen, seinen Blick auf die Strasse gerichtet, konzentriert. Er hebt ihn erst, als er wenige Schritte vor mir stehen bleibt. Er nickt leicht, sagt nichts, und wir gehen gemeinsam weiter, als ob wir verabredet wären, vorbei am grossen Dorfbrunnen, biegen in die Hauptstrasse ein, die zur Beiz führt.

Wir setzen uns an einen der kleinen Tische auf der Terrasse, warten, bis die Bedienung kommt, die mich vertraut und ihn höflich grüsst, bestellen und warten wieder. Als die Getränke vor uns stehen, Kaffee, wissen wir immer noch nicht, wie beginnen, als ob wir einfach nur beisammensitzen wollten, ohne etwas vom anderen zu erfahren. Als ob wir den anderen auf Abstand halten wollten, weil wir einander so wertvoller sind, jetzt, in diesem Dorf, das weder seins ist noch meins. Drinnen am Stammtisch sitzen zwei Bauern und der Kondukteur. Sie haben Pause. Sie schauen zu uns raus.

»Wie lange bleibst du hier?«, frage ich.

Er atmet ein, schüttelt ganz leicht den Kopf. »Eine Weile – zwei, drei Wochen sicher. Wahrscheinlich brauche ich länger. Und du?«

»Ja, auch etwa so. Mal schauen, wie gut ich vorankomme.«

Wir belassen es dabei.

»Ist es gut, da, wo du wohnst?«, frage ich.

»Ja, das ist gut«, sagt er und: »Bei dir auch?«

»Ja«, antworte ich.

»Es ist wichtig, ohne das kann man nichts tun«, sagt er, »man müsste dann erst mal das Wohnen erledigen – vor allem anderen.«

Da muss ich lächeln. Ich stelle mir vor, wie ich das tun würde, das Wohnen erledigen, stelle es mir anstrengend vor. Er sieht mich an. Lächelt dann auch ein bisschen und senkt den Blick, trinkt einen Schluck.

»Kennst du diesen Ort? Das Haus?«, frage ich.

»Nein, nur von Erzählungen. – Du kennst es, nicht wahr?«

»Ja, von früher.«

Dann reden wir weiter, er beschreibt das Haus, in dem er wohnt, es ist jetzt seins, ich beschreibe meins, das nicht nur meins ist, es gehört auch

Sophia. Wir zählen Zimmer um Zimmer auf, bleiben bei Einzelheiten hängen, Dingen, die wir mögen, das Geländer meiner Kellertreppe, der niedrige Türrahmen seines Schlafzimmers. Beschreiben das Wohnen in diesen Zimmern, die sich noch sträuben, unsere Gewohnheiten anzunehmen, und dabei hält er manchmal inne, erzählt nichts vom Zimmer, sondern beschreibt nur dessen Tür, die Aussicht aus dem Fenster. Danach schweigen wir wieder, die Kaffeetassen sind leer. Es ist kühl jetzt.

Später gehen wir die Hauptstrasse entlang bis zum Brunnen, wo wir einander zunicken und ich in die mittlere Gasse einbiege und er die steile Strasse Richtung Dorfrand nimmt. Eine Schar Dohlen fliegt über den obersten Häusern.

Kálmán

Am oberen Dorfrand
Hier träume ich. In der Stadt war der Schlaf leer, dunkelgrau, gross. Gegen Morgen, wenn das Zeug nicht mehr wirkte, wurde er hellgrau und schwer. Aber jetzt bin ich hier.

Im Schlaf bin ich in den anderen Zimmern, den Zimmern von früher, ich sehe die Zelle, da sind Stimmen. Sie kommen, sie kommen alle. Ich sehe keinen. Sie sind bald da. Das kann nicht sein. Nicht hier in diesem Zimmer. Ich weiss, ich schlafe.

Dann vergesse ich es, jetzt bin ich angekettet, hinter mir eine Felswand oder eine Mauer. Es ist feucht. Auch jetzt kommen sie, ich höre sie. Aber jetzt habe ich ein Messer in der rechten Hand. Ich sehe es nicht, es ist schwer. Die Hände sind seitlich über mir angekettet. Ich kann die Ketten nicht zerschlagen. Ein Junge kommt, er ist weiss, wie die Menschen hier, wie die Frau im Zug. Er steht vor mir. Ihn erreiche ich mit dem Messer. Ich stosse es in seine Brust. Jetzt kann er nichts tun. Aber er spricht mit mir. Er erklärt etwas. Ich verstehe nicht. Er ruft. Er ruft meinen Namen, aber ich verstehe ihn nicht. Etwas rauscht. Er beschreibt einen Weg. Das verstehe ich jetzt. Wieder sagt er meinen Namen, aber da ist nur Rauschen. Es schluckt den Namen. Blut tropft aus seiner Wunde. Ich wache auf. Es ist noch Nacht.

Die Schatten an der Zimmerdecke, grosse Kerle, sie schieben einander zur Seite, stehen in einer Reihe, wanken hin und her. Das Fenster ist offen, ein Spalt, grau und kalt.

Im Haus ist es still. Wie ein Vakuum. Der Flur ist dunkel. Warten, bis die Augen sich an die Dunkelheit gewöhnen, dann schauen. Die beiden Zimmertüren sind verschlossen. Gegenüber die Garderobe, der Hocker, dann die Küchentür, verschlossen. Daneben die Stubentür, da ist der Schatten ein wenig heller, sie ist noch offen. Die Nacht draussen ist nicht ganz dunkel.

Am Abend standen sie da, in dieser Tür, im Lichtfleck auf dem Boden. Zwei grosse Raubkatzen. Manchmal sind sie bloss Schatten, aber manchmal werden sie fest, ganze Körper. Sie sahen zu mir, nur kurz, dann ging einer langsam in die Stube und der andere ganz in die dunkle Flurecke. Jetzt sind sie weg. Vielleicht in der Stube. Das macht nichts, ich will nichts von ihnen.

Sie waren nicht von Anfang an bei mir. Bevor sie kamen, in die Wohnung in der Stadt, war es grau um mich herum, manchmal dunkler, manchmal heller. Es war nicht sicher in den Zimmern da, es zog. Nicht Luft, aber Stimmen zogen hindurch, manchmal Lichtstreifen, Feuchtigkeit und der Gestank von Exkrementen und Desinfektionsmittel. Die Wohnung war klein, in keinem Zimmer konnte ich bleiben. Es zog, es pochte, in mir drin und in der Luft. Ich vergass, was die Ärzte sagten, was sie mir rieten, ich wusste nichts mehr. Die Dinge geschahen, wieder und wieder, immer gleich, meistens aber langsamer als in Wirklichkeit. Im Treppenhaus, vor dieser Wohnung, sah ich sie zum ersten Mal. Zwei Pumas, Männchen, angriffslustig und hungrig. Sie bewachten diese Zimmer. Sie witterten mich, rannten auf mich zu, sprangen mich an, knurrend, dann wischten sie zur Tür hinein, in die Wohnung, weg von mir, zu mir hin, wieder ins Treppenhaus hinaus, die Stufen hinunter, auf die Jagd.

Hier im Haus ist es anders. Die Zimmer sind anders, die Küche. In der Küche kann ich Wasser trinken, das Zeug schlucken. An die Frau denken. Ihre kurzen braunen Haare, dunkle Locken. Wie sie mir gegenübersitzt, ihre Stimme, tief und ein bisschen heiser, sie spricht nicht schnell, ruhig, ihr Atem zwischen den Wörtern, fast hört man ihn.

Das Wasser mit dem Zeug geht aus dem Magen in die Bahnen, in den Kopf. Die Dinge werden zurechtgerückt, die Ordnung wiederhergestellt. Jetzt kann ich schlafen.

Dann bin ich wieder wach, draussen ist es noch dunkelgrau, ich spüre sie, die einzelnen Teile dieses Körpers. Meines Körpers. Sie sollten zusammenhalten. Sie halten nicht. Nicht bis zum Ende. Sie sind zerschnitten und verschoben. Deshalb werden sie nicht langsam müde werden, vorhersehbar, berechenbar. Sie werden brechen, Stück für Stück, plötzlich. Und dann fallen. Bis dahin wird es ziehen, reissen, schieben.

Vera

In der mittleren Gasse
Vor der Haustür liegt eine Maus. Ich schaue sie eine Weile an, beuge mich über sie, versuche sie zu würdigen, schliesslich ist sie ein Geschenk. Sie sieht aus, als schliefe sie mit offenen Augen. Nur das bisschen Blut an der Flanke verrät, dass sie tot ist. Ich lasse sie liegen, vielleicht kommt die Katze ja doch noch und frisst sie, wenn sie sieht, dass ich sie nicht haben will.

Während ich Jacke und Schuhe ausziehe, denke ich an den Mann. Ich weiss nicht, wie er heisst. Ich setze Wasser auf und überlege, welche Namen zu ihm passen würden. Ich komme zu keinem Schluss, die einen sind zu gewöhnlich, passen nicht zu seiner Haut mit der Narbe und zum Hinken, die anderen sind zu exotisch, zu kitschig und sowieso von anderen Geschichten entlehnt. Namen der Gegend, aus der er wahrscheinlich stammt, kenne ich fast keine.

Die Teekanne stelle ich mitten auf den Stubentisch, dann richte ich mich an einem Tischende ein – Bücher, Notizen, Laptop, Teetasse – und beginne zu arbeiten. Ich habe es nicht eilig, der Artikel ist erst in zwei Monaten fällig. Ich war mir nicht sicher, wie gut ich hier arbeiten kann, wusste nicht, ob ich mich konzentrieren würde, in dieser Stille, allein, in diesem grossen Haus. Heute gelingt es gut. Zwischendurch denke ich an früher, an Sophia und das Nachbarsmädchen, wie wir im Schuppen Sichbefreien gespielt, uns abwechselnd gegenseitig eingesperrt haben und dann das Vorhängeschloss mit einem trockenen Zweig vom Riegel schieben mussten. Das Schloss war alt, der Schlüssel längst verloren. So hatten wir immer ein bisschen Angst, das Schloss würde doch einmal einschnappen und eine von uns wirklich einschliessen im schummrigen Schuppen. Das ist nie passiert. Nur einmal, als wir Sichbefreienundverfolgen spielten, konnte Sophia sich nicht befreien. Das Nachbarsmädchen und ich waren davongerannt, hatten uns unter dem Hauseingang am Hang versteckt und gewartet. Aber Sophia kam nicht, und dieses Warten war seltsam, denn es wäre logischer gewesen, ich wäre im Schuppen eingeschlossen gewesen, dann hätten Sophia und das Nachbarsmädchen zusammen warten können, sie waren gleich alt und verstanden sich gut, ich war bloss Sophias kleine Schwester. Wir sagten kein Wort, warteten nur und wünschten, Sophia käme bald, würde uns aufscheuchen und jagen, damit wir danach wieder zu dritt spielen konnten. Aber Sophia kam nicht, Vater kam und rief nach uns. Er hatte Sophia weinend im Schuppen gefunden, als er Brennholz holte. Später beim Nachtessen sagte sie nichts, auch beim Zähneputzen nicht und auch nicht, als wir nebeneinander im Bett lagen.

In der Nacht schlägt das Wetter um, es stürmt, ein Fensterladen schlägt gegen die Hausmauer. Am nächsten Tag bleibe ich im Haus, arbeite und gehe manchmal durch die Zimmer.

Ich schlafe im Elternschlafzimmer, das ist grösser und heller als unser altes Kinderzimmer. In unserem Zimmer sind unsere Lieblingsplüschtiere aufgereiht, darüber hängt eine grosse Kinderzeichnung, die wir zusammen gemacht hatten und die deshalb nicht in ein Zeichenalbum geklebt wurde, nicht in Sophias und nicht in meins. Ein grosser grauer Berg, die Spitze schneebedeckt, ein paar Häuser auf der einen Seite des Bergs und ein schlafender Drache auf der anderen. Ich hatte die Häuser gezeichnet, Sophia den Drachen.

Wenn es Sophia nicht gutgeht, bin ich bevollmächtigt, für sie zu entscheiden. Dann entscheide ich darüber, was mit ihren Dingen geschehen soll, mit ihrer Medikation, mit ihr. Ich entscheide, so gut ich kann. Wenn ich sie besuche, erzähle ich ihr davon. Manchmal besuche ich sie nur deswegen. Sie muss wissen, was ich entschieden habe, ich muss wissen, dass sie es weiss, dass sie es hört, aus meinem Mund, während ich vor ihr stehe, vor ihr sitze und sie ansehe, während sie aus dem Fenster schaut oder an die Decke, je nachdem, ob sie sitzt oder liegt.

Sophia

In der Stadt
Du suchst die nächste Tür. Das ist gut, es ist Zeit. Du traust dich kaum noch raus, nicht wahr? Es hat sich etwas verschoben. Ganz leicht nur. Du bist unter die Oberfläche geraten, und die Dinge haben angefangen sich zu vermischen, der Abwasch mit dem Kochen, das An- und Ausziehen der Kleider, das Abwischen des Tischs, das Essen. Drinnen weisst du, wie es funktioniert, kennst die Distanz zwischen Anrichte und Tisch, zwischen Schrank und Stuhl. Drinnen passiert dir nichts. Auch dann nicht, wenn es verschwimmt und du nur noch die grösseren Veränderungen siehst, den heller werdenden Tag, die dunklere Nacht. Wenn du eigentlich nicht mehr rausgehen willst, weil du dir nicht traust. Die Tür, die du suchst, ist aber draussen. Die Tür zur nächsten Wirklichkeit. Geh raus. Geh.

Tritt nicht auf die Schwelle beim Rausgehen. Sonst weckst du noch den Geist, der darin wohnt, und er folgt dir womöglich, heftet sich an deine Fersen, meistens links von dir, etwa eineinhalb Meter hinter dir. Das macht nichts, das kennst du, aber das ist mühsam, vor allem dann, wenn du eine Tür suchst. Da gehst du lieber allein.

Du musst die Strassen eine nach der anderen abgehen. Meide die hellen Strassen mit den vielen Autos, geh nach rechts, nicht nach links zur Tramstation. Hier ist fast kein Verkehr, das ist gut. Hier gibt es fast nur noch Wohnhäuser, drei oder vier Stockwerke hoch, die Fassaden hellgrau, ocker, sandfarben, dunkelgrau.

Ist es die? Die hölzerne mit je einer Kolonne messingfarbener Klingelschilder auf beiden Seiten des steinernen Türrahmens? Oder die aus Metall und Glas, mit einem Fenster als obere Türhälfte, drinnen eine flackernde Flurlampe? Nein, noch nicht. Ist schon gut. Du weisst, sie zeigt sich nicht auf den ersten Blick. Die Grösse und das Material spielen keine Rolle. Es ist eher die Kombination von glatten und rauen Oberflächen, glänzenden und matten. Diese Komposition aus Lichtreflexen in leuchtenden Punkten und dunklen und helleren Flächen erzeugt eine Spannung. Wenn es die richtige Tür ist, wächst diese Spannung, die Tür und der Raum um sie herum beginnen zu vibrieren. Wenn du dann deinen Blick entspannst, siehst du die zweite Tür, die richtige vor der anderen, alltäglichen, die alle sehen.

Heute nicht, macht nichts. Geh nach Hause. Versuch's morgen wieder. Noch hast du Zeit. Du findest sie schon.

Konzentrier dich auf die Strasse, du kannst ohne Umwege nach Hause gehen, du musst nichts mehr einkaufen. Ein bisschen Brot ist noch da. Essen ist auch nicht das Wichtigste jetzt. Wichtiger ist, dass du dich ausruhst, damit du morgen weitersuchen kannst.

Schau, hier ist schon dein Wohnblock. Es sind immer gleich viele Treppen bis zu deiner Wohnung, auch jetzt sind es vier Treppen mit jeweils acht Stufen bis in den zweiten Stock. Es werden nicht mehr, wenn es dunkel wird. Zweiunddreissig Stufen, siehst du?

Jetzt bist du zuhause. Am besten, du schreibst Vera, dass du zuhause bist, dann macht sie sich keine Sorgen. Möchtest du nicht? Du meinst, sie macht sich keine Sorgen? Dann eben nicht. Du gehst lieber schlafen. Das ist gut. Auch du musst dir keine Sorgen machen, du findest die Tür bestimmt bald. Wahrscheinlich schon morgen.

Vera

Am oberen Dorfrand
Das Wetter wird nicht besser. Raus muss ich trotzdem, es ist keine Milch mehr da, und auch die Äpfel sind alle. Die Maus liegt noch immer vor der Tür. Ich steige darüber und mache mich auf den Weg zum Dorfladen. Nachher würde ich sie begraben. Im Laden denke ich an den Mann, nehme eine Flasche Rotwein aus dem Regal und bei der Kasse noch eine Tafel schwarze Schokolade.

Am Ende unseres Gesprächs neulich war alles wie am Anfang, es gab keinen Grund, uns wieder zu verabreden. Also gehe ich jetzt ohne Grund die steile Strasse zum Dorfrand hinauf, bleibe vor seinem Haus stehen, schaue zu den Fenstern im ersten Stock. Da brennt Licht. Ich klopfe.

Es dauert eine Weile, bis er öffnet, dann steht er in der Tür, sieht mich an, und ich sage: »Ich wollte dich fragen, wie du heisst.«

Da lächelt er und sagt seinen Vor- und Nachnamen, ich sage meinen.

Einen Moment stehen wir so da, einander gegenüber. Dann tritt er etwas beiseite, einen halben Schritt nur, ich sehe den Flur, geräumig, weisse Wände und

Holzdielen, hinter ihm eine Garderobe, darunter ein Hocker. Es ist nicht ganz so, wie ich es mir vorgestellt habe, nach seiner Beschreibung, aber auch nicht wirklich anders. Rechts gehen zwei Türen ab, sie sind verschlossen, links zwei, die zweite ist offen, auf den Dielen liegt ein verzerrtes Rechteck Licht.

Als ich nicht eintrete, setzt er sich auf den Hocker, zieht sich Schuhe an, nimmt seinen Mantel und kommt raus. Wir gehen langsam, schauen auf die Dächer und ins Tal hinunter. Als wir die Strasse zum Dorfkern und zur Beiz nehmen, gehen die Lichter in den Häusern an, und sein Hinken wird stärker. Ich versuche ihn mir in seinem Haus vorzustellen, wie er in der Küche sitzt oder die Treppe zu den Schlafzimmern hinaufgeht.

Dazwischen sind die Türen, hatte Sophia einmal gesagt, zwischen Drinnen und Draussen, zwischen Dämmerung und Nacht, versteckt in den länger werdenden Schatten, mitten in der blauen Stunde. Zwischen Sophias Leben und meinem ist jetzt eine automatische Glastür. Ich denke an die Zeit zwischen den Jahren, Sophia mochte diesen Ausdruck, diese Zeit, sie schien ihr gross und wichtig.

Wir beginnen zu sprechen, erzählen, wie wir den Tag verbracht haben, von der toten Maus, von den

Büchern, die der Vorbesitzer seines Hauses zurückgelassen hat. Schliesslich stehen wir vor meinem Haus und der toten Maus.

»Sie ist noch da – vielleicht sollten wir sie begraben«, sagt er.

Ich schliesse auf, hole ein Küchentuch und die Gartenschaufel. Er schaut in meinen Flur. Wir begraben die Maus neben dem Kompost und gehen wieder zur Haustür.

»Was hast du eigentlich in dieser Tüte?«, fragt er plötzlich.

»Milch, Wein, Äpfel und Schokolade«, antworte ich, öffne die Tür, und wir gehen hinein.

Kálmán

Am oberen Dorfrand
Das Dorf ist dunkel und kühl. Jetzt kenne ich noch ein Haus, seine Bewohnerin. Die Strasse ist steil. Oben ist das Haus, das ich bewohne. Manchmal leuchtet eine Hausfassade, kostbarer Stoff, Zeichen.

Im Haus sind die Pumas. Heute sind sie keine Schatten. Sie unterhalten sich. Ich verstehe nicht, was sie sagen, ich verstehe nichts. Ich bleibe nicht bei ihnen, ich will schlafen. Ans Haus in der mittleren Gasse denken, ihren Vor- und Nachnamen denken, an ihre Stimme, an den Blick durch ihr Küchenfenster zur anderen Talseite, die Silhouetten der Berge, davor das Dach des Nachbarhauses. Die Formen der Bergspitzen, steil und flacher, noch flacher, dann senkrecht hoch, immer weiter. Hier ist es sicher, heute kommen keine Träume.

Am nächsten Morgen sind die Pumas immer noch da. Jetzt verstehe ich sie, ihr Knurren, das Zähnefletschen, wie ihr Rücken sich spannt. Sie meinen es ernst. Ich darf jetzt nicht nach unten schauen. Noch halten sie es in Schach. Sie sehen es kommen, das Erinnern, spüren den Sog. Nicht nach unten.

Schauen. Nicht. Sie springen in die Lücke, knurren, fletschen die Zähne und jagen mich weg. Für eine Weile bin ich sicher.

    Später aber bleiben sie stehen, irgendwo weiter hinten oder draussen im Flur. Sie lassen es zu, sehen mich an und tun nichts. Dann kann auch ich nichts tun. Es gibt kein Halten, kein Geländer, nicht für den Blick, nicht für die Hände. Nur Stürzen, wie Erbrochenes, nach unten. Ich weiss nichts mehr. Und weit unten regt sich etwas, ganz langsam, schwer, schmatzend dreht es sich, sperrt seinen Mund auf.

Was ich ihr nicht erzählen kann: die Dinge in den Zimmern, das Erinnern. Was ich ihr erzählen könnte: von den Filzstiften im Wartezimmer des Therapeuten. Ich hätte sie gern in die Hand genommen, sie angefasst wenigstens, aber ich bewegte mich nicht. Ich sass still, das war sicherer. Wahrscheinlich wäre nichts passiert, ein Strich auf weissem Papier, dunkelblau, gelb, rot, beige, orange, dann vielleicht noch einer. Und doch, es hätte sich etwas zusammenfügen können. Es war unsicher. Ich wollte nicht, dass sich etwas verschiebt, bevor ich hineinging. Kein Grün. Grün fehlte.

    Drinnen, im Besprechungszimmer, begannen wir bei den Türen. Das war einfach. Ich beschrieb ihm die Türen der Wohnung. Er hörte zu, schrieb. Die verschlossenen und die offenen und die angelehnten. Es ging, Tür um Tür konnte ich beschreiben. Es schien ihm wichtig genug, dem Therapeuten. Er sah mich an, hörte zu. Das ging. Da war nur selten das Stocken, selten die Spalte im Boden, die die Luft absaugte und den Ton. Nur selten blieb bloss ein Röcheln, wie ein Tier.

Auch ihr habe ich die Türen beschrieben. Die Türen dieses Hauses. Die Türen der Zimmer. Links im Erdgeschoss die Küchentür, breit und etwas schief, dann die Tür zur Stube, aus hellerem Holz, dann rechts die zwei Türen aus dunklem Holz, beide gleich, beide meistens zu. Jetzt sind sie angelehnt.

Die Pumas sind wieder nebenan. Sie kratzen mit ihren Krallen über den Boden, dann ist es wieder still. Schon gut. Sie sind verlässlich. Nicht mehr gefährlich, nicht seitdem sie die Schatten aus den Zimmern der Wohnung vertrieben haben und ich endlich wegkonnte. Dass sie mir hierher folgten, war erst seltsam, aber es ist schon gut jetzt. Vielleicht werden sie noch einmal nützlicher sein als jetzt. Dann, wenn ich in die Zimmer hineingehe und für eine Weile bleibe, dann, wenn ich ihr davon erzählen will, vom Inneren der Zimmer.

Die Stufen nach oben, sie sind unterschiedlich hoch. Beim Hochgehen geht es, nur beim Runtergehen muss ich aufpassen. Oben ist es gut, heller, die Luft frischer. Die Pumas kommen nicht nach oben, da gibt es nichts für sie. Hinter den tiefen Türrahmen sind die Zimmer hell, neue weisse Wände. In einem ist noch Holz. Da ist auch das grüne Rauschen, die grüne Zeit, weit und kühl und fast ohne Träume. Dieses Erinnern, den Wald, auch das gibt es. Auch davon könnte ich ihr erzählen. Dass es da keine Pumas braucht, dass ich da schlafen kann. Da ist es sicher. Vielleicht wenn sie wiederkommt und klopft.

Nur das andere Zimmer oben ist gefährlich, das gegenüber der Treppe, über der Stube. Da ist immer Unruhe, Pochen und Beben. Es bleibt verschlossen.

Im Zimmer des Offiziers
Jetzt bin ich unten, vor der angelehnten Tür. Ich will ins Zimmer hinein. Ein Geruch dringt heraus, sein Geruch. Der Offizier. Es kann nicht sein, er hat nie hier gelebt. Ausserdem kenne ich seinen Geruch nicht wirklich. Er ist nie so nah gekommen. Und hier in diesem Haus war er nur manchmal, wie sie, in ihrem Haus. Also ist es nicht sein Geruch, nur das, was übrig ist von diesem Erinnern, was kleben geblieben ist an meinen Riechzellen. Das ist in die-

sem Zimmer. Ich könnte reingehen. Es ist nicht sein Zimmer, nicht seine angelehnte Tür. Nicht mehr.

Meine Zellentür war seine. Sie gehörte ihm, auch wenn er sie nie berührte, nicht den Türgriff, nicht den Rahmen. Er stand am anderen Ende des Flurs oder oben auf der Treppe und schaute in meine Zelle. Sein Blick war drin. Auf der Pritsche, der Kloschüssel, an den Wänden, an mir. Immer in der Nähe. Die Tür änderte nichts. Sie war angelehnt, offen oder zu, es änderte nichts. Deshalb stand ich still, sass, lag still, der Blick, meiner, immer auf dem Boden.

Jetzt gehe ich rein in diesen Geruch. Die Tür bleibt offen. Ich suche an den Wänden, da ist wenig, zwei helle Rechtecke, wo Bilder waren, und ein Riss. Da kann der Blick bleiben und muss nicht zu Boden.

Der Atem reicht nicht ganz. Meistens bemerke ich es zu spät, das langsame Versiegen. Ich stehe nur da, und der Atem geht aus. Das kommt danach. Es kam auch dann danach. Erst auf dem Boden bemerkte ich es, die Hände vor mir, die Knie dahinter, die Wasserlachen, der Urin, Flecke auf dem Boden, Schweiss vielleicht. Das Blut blieb im Stoff. Da spielte es keine Rolle, ob er noch irgendwo im Dunkeln stand und schaute. Die Luft blieb weg.

Ausatmen ist wichtig. Dieser Boden hier ist hellbraun, wie nasser Sand. Bodendielen, kein Beton, viel glatter und sauber sind sie. Sie glänzen. Da ist niemand. Draussen ist niemand. Niemand wartet und schaut zu. Ich kann zur Tür. Es macht nichts, der Rotz, der auf die Dielen fällt, die Spucke. Es geht. Langsam und auf allen vieren, aber es geht. Der Blick rutscht ab, nach innen irgendwie, aber ich weiss, wo die Tür ist, ich komme hinaus, ziehe sie zu. Sein Blick bleibt drin. Draussen, an die Wand neben der Tür gelehnt, wird der Atem ruhiger. Ich beginne zu zählen. Bei zweihundertfünf versuche ich aufzustehen.

In der Küche
Die Tasse austrinken, sie spülen und auf das Abtropfsieb legen. Die Hände waschen und trocknen. Handtuch, Spüle, Fenstersims, Tisch. Handtuch, Spüle, Fenstersims, Tisch. Handtuch. Beim nächsten Ausatmen zieht sie sich ganz zurück, die Erinnerung. Sie faltet sich zusammen, duckt sich und zwängt sich in einen Zwischenraum, den sie ganz ausfüllt. Ich merke mir den Ort.

Ich gehe hinaus auf den Flur. Auch hier ist es still, nichts Beunruhigendes ist da. Die Stubentür ist angelehnt. Die zwei Türen gegenüber sind zu. Nichts dringt heraus. Immer dasselbe, ich stehe irgendwo in diesem Haus und starre Türen an. Wäge ab, in welches Zimmer ich hineinkann, in welches ich als Nächstes hineinmuss, welches dran ist und welches noch warten kann. Noch komme ich nirgends unbeschadet wieder raus. Aber ich habe Zeit. Nur deshalb bin ich hergekommen. Ich muss nicht einmal überall unbeschadet wieder herauskommen, Hauptsache, ich komme wieder raus. Und auch wenn ich mal nicht herauskomme, es macht nichts. Hier geschieht nichts. Niemandem. Hier ist niemand. Nur ich. Das, was geschehen ist, ist unsichtbar, sie sind in Ritzen und Zwischenräumen, die Erinnerungen. Die schlimmsten sind im Zimmer oben eingesperrt. Da können sie riechen, schnaufen, pochen. Meistens bleiben sie, wo sie hingehören, jede an ihrem Ort. Nur die Pumas streunen herum, aber das ist in Ordnung. Dem anderen konnte ich einen Platz zuweisen. Allen Überblick kann ich noch nicht verloren haben. Neue Zimmer für alte Geister. Sie halten sich daran. Ich besuche sie einzeln. Sie suchen mich einzeln. Das geht. So wird es gehen.

Die Ärzte hatten mich davor gewarnt, einfach wegzugehen. Der Alltag in der alten Wohnung, mit all den Dingen, den Therapien, dem bisschen Arbeit, den Menschen, gebe mir Halt. Den hätte ich nötig, den Halt und die Ordnung. Aber es war nicht so. Es war immer zu viel. Zu viel reden, zu viele Menschen und zu wenig Platz für alles. Der Körper taugte nicht als Behälter. Der Körper taugt nicht. Die alte Wohnung war ein einziger wabernder, feuchter Raum, da war alles durcheinander, und alles floss ineinander. Der Schlaf kam nur stückweise, schwer und modrig. Nie war es ruhig. Nirgends. Überall Pochen, Flüstern und Atmen.

Im Dorf
Die Luft hier draussen ist klar und hellblau. Es ist noch warm, das Dorf ist warm, ihm geschieht nichts. Ich nehme die Strasse, die oben um das Dorf führt, da sind die Steigungen geringer. Im Wald wird es hellbraun und kühler. Mit dem ersten Rauschen in den Bäumen atme ich aus. Das Pochen im Kopf, in der Brust, findet seine Geschwindigkeit. Meine Beine, sogar die, halten Schritt. Hier draussen bin nur ich. Raubkatzen braucht es nicht, sie bleiben im Haus.

Wieder zwischen den Häusern, steht die Hitze. Ich gehe durch sie hindurch, möchte die Hausmauern berühren, traue mich nicht. Ich bleibe stehen, schaue die Fassaden an, die eingeritzten Zeichnungen, das geht, das fällt nicht auf, das ist vielleicht sogar gut. Aus allen Fenstern sieht mich etwas an, tiefliegende Augen, angelehnte Türen, atmende

Münder, Scheunentore, Gartentürchen, Seitentüren, Erkerfenster und Gucklöcher. Viele Häuser stehen leer, nie sind sie ganz unbewohnt.

Grobkörnige Mauer, dann weiss, dann hellrosa, porös. Sie würde das Streichen bremsen, würde ich sie berühren, und es würde auf der Haut kratzen, ein bisschen schmerzhaft vielleicht, aber nicht unangenehm. Der Himmel über der Hitze ist klar. Wahrscheinlich ist es kühl da und sicher. Ein Haus ist nicht mehr fremd, da ist jemand, mit dem ich gesprochen habe, mit dem ich sprechen kann, dessen Namen ich weiss. Vera. Ich kann nicht da einbiegen und an ihrem Haus vorbeigehen. Nicht mehr.

Vera

In der mittleren Gasse
Ich gehe nach unten, ich habe Durst. Und dann will ich zur Haustür hinausschauen, weil ich das gern tue, eine Weile auf der Türschwelle stehen, am kleinen Vorplatz, vielleicht mit einer Tasse Tee in der Hand. Ich stelle mir dann vor, wie es wäre, noch zu rauchen. Mit Sophia hätte ich nicht da geraucht, grad vor der Tür, wir wären ein paar Schritte gegangen, dem Dorfrand zu, oder dann zur Beiz hinunter, auf die Terrasse.

Jetzt sehe ich ihn beim Nachbarshaus stehen, unschlüssig, als sei er zufälligerweise in die Gasse abgebogen und an mein Haus herangelaufen, nicht weil er eine Weile auf diesem Vorplatz stehen wollte, womöglich mit mir. Aber vielleicht hat er Durst, wie ich. Ich gehe zu ihm hinaus.
»Hast du Durst?«, frage ich.
Er sieht mich an und dann zu Boden. Er zuckt leicht mit den Schultern und nickt dabei. Ich hole Wasser, er ist auf den Vorplatz getreten, ich reiche ihm das Glas. Schweigend stehen wir da und trinken. Danach gehen wir hinein.

Als er neulich mit hineingekommen ist, sind wir durch alle Zimmer gegangen, aber nicht in die Küche. Ich hatte zwar Kaffee gemacht, er aber blieb in der Tür stehen und trank seinen da, im Stehen. Danach hat er sich bedankt und sich zum Gehen gewandt. Die Schokolade und der Wein blieben auf dem Tisch.

Jetzt öffne ich die Flasche, tische Brot, Käse und geräucherte Wurst auf. Erst schaut er mir zu, ernst, als ob er nicht recht wüsste, wozu ich das alles auf den Tisch stelle. Schliesslich kommt er rein, schneidet Brot und Wurst und füllt die Gläser.

»Wer ist Sophia?«, fragt er. Er sieht mich an.

»Meine Schwester. Sie ist eigentlich die Ältere, aber jetzt nicht mehr.«

Er runzelt leicht die Stirn. Als ich zu erzählen beginne, senkt er den Blick und sieht mich nicht mehr an. Seltsamerweise stört es mich nicht. Es ist, als ob wir uns beide so besser konzentrieren könnten. Ich erzähle, wie wir als Kind hier spielten, von den Tagen, an denen Sophias Worte versiegten und ich stundenlang auf dem Bett in unserem gemeinsamen Zimmer sass und darauf wartete, dass sie wieder mit mir spräche, wieder mit mir spielte oder mich wenigstens anfuhr und davonjagte. Von den Dingen, über die wir stritten – nichts Ungewöhnliches,

Kleider, unser Vater, Schwärmereien –, wie nahe wir uns stehen, immer, von ihrem Studium in Umweltwissenschaften und ihren Ausbildungen, Umweltanimatorin, Erwachsenenbildnerin, von ihrer Suche, nach einem Mann, einem Gefährten oder einer Gefährtin, von ihren Beziehungen, während deren die Suche auch nicht aufhörte und die schliesslich immer scheiterten. Ich erzähle, wie jene andere Suche begann, die Suche nach den Türen, nach der einen richtigen Tür, die sie weiterbringen würde. Wie ich anfangs nicht verstand, dass sie wirklich Türen meinte, echte Türen, hinter denen sie noch eine andere Tür sah. Und dann von der Zeit, in der sie nicht mehr erreichbar war, aufhörte, sich zu kümmern, und wir für sie zu entscheiden begannen. Wie ich für sie zu entscheiden begann, immer dann, wenn es ihr schlechtging. Wie sie dann aufhörte, die Ältere zu sein. Wie wir gleich alt wurden, irgendwie, nur weiter voneinander entfernt, so weit, dass wir kaum noch miteinander sprechen konnten, was aber nicht schlimm war, jetzt, da wir gleich waren. Gleich alt, gleich entfernt voneinander, sie in ihrer und ich in meiner Welt.

Als ich schweige, nickt er leicht, sieht weiter auf den Tisch. Ich bin etwas ausser Atem. Nicht weil ich schnell gesprochen hätte, sondern weil es mich plötzlich mehr bewegt als geglaubt, weil ich mir, während ich erzählte, plötzlich eingestand, dass ich auch deshalb hierhergekommen war, um darüber nachzudenken, nicht nur um zu arbeiten. Aber dass ich jemandem von Sophia erzählen würde, hier oben, gerade hier, wo alle sie kennen, zumindest mehr oder weniger, hätte ich nicht erwartet. Er schenkt uns nach.

»Wie geht es ihr?«, fragt er.

Wieder sieht er mich kurz an. Er möchte es wissen. Er hat mir nicht einfach nur zugehört, meinetwegen, sondern auch ihretwegen. Ich muss schlucken.

»Ich weiss es nicht.«

Eine Weile sehen wir uns an. Dann bin ich es, die den Blick senkt.

Schliesslich stehe ich auf und räume den Tisch ab. Die Weingläser lasse ich stehen. Auch er steht auf, ich sehe, dass es ihm Mühe bereitet, oder Schmerzen. Ich würde gern danach fragen, auch um die Beklemmung loszuwerden, die sich auf meine Lunge gelegt hat. Aber wahrscheinlich funktioniert es nicht so, nicht eine Geschichte für eine andere, ein ständiges Wiederherstellen des Gleichgewichts, sobald einer mehr preisgegeben hat als der andere. Wahrscheinlich ist das Zuhören der Preis für die Geschichte. Ich schenke uns noch einmal nach. Wir stehen am Fenster, und ich beginne Belangloses zu erzählen, Dinge über die Dorfbewohner, die Dorfbewohnerinnen, die Namen der Berggipfel, soweit ich sie weiss. Er hört zu, sein Blick und seine Stirn entspannen sich, manchmal fragt er nach. Diesmal wendet er sich nicht zum Gehen, auch wenn die Gelegenheit jetzt sicher da wäre, nach jedem Satz, nach jeder Antwort auf seine Fragen. Wir warten. Schliesslich setzen wir uns wieder.

Wir sitzen schweigend. Wahrscheinlich könnten wir lange so dasitzen und schweigen und nichts tun, das geht mit ihm, es ist, als ob wir dem Denken des anderen zusähen oder zuhörten und das genügte. In seinem Glas ist ein Rest Wein, und seine Hand liegt daneben. Ich lange über den Tisch und greife sie. Er will sie wegziehen. Als ich nicht loslasse, lässt er sie liegen und wartet. Er schaut auf den Tisch neben unsere Hände. Hinter mir summt eine Fliege am Küchenfenster. Auf seinem Handrücken ist ein länglicher Krater aus ganz glatter Haut. Dünne Linien führen von zwei Seiten darauf zu oder von ihm weg. Es ist keine Brandnarbe, es muss anders geschehen sein. Ich will sie berühren, aber er zieht seine Hand endgültig weg, sie verschwindet unter dem Tisch. Jetzt sieht er mich an, die Augen leicht zusammengekniffen. Ich bin nicht sicher, ob er ein wenig verärgert ist oder nur herausfinden will, was ist. Da gibt es nichts herauszufinden, weshalb ich aufstehe und die Kaffeemaschine einschalte. Ich spüre seinen Blick im Rücken.

»Was willst du von mir?«, fragt er. Er spricht leise.

Ich drehe mich zu ihm um. »Nichts. Nichts Bestimmtes. – Wahrscheinlich nur dir näher sein.«

Wieder sieht er weg, sieht den Tisch an. »Warum?«

Ich überlege eine Weile, hole Kaffeetassen aus dem Schrank. »Es ist schön mit dir. Ruhig und doch neu. Ich kenne niemanden wie dich.«

Er schweigt eine Weile und sagt dann, immer noch zum Tisch: »Ja, es ist ruhig und gut.« Ich warte. Der Kaffee läuft in die Tassen.

»Ist es dir unangenehm, wenn ich dich berühre?« Ich stelle uns die vollen Tassen hin. Er zuckt leicht mit den Schultern, wie er es oft tut. Er tut es nicht gleichgültig, es ist eine seiner Antworten. Nur bin ich mir nicht sicher, was er jeweils meint.

»Du weisst es nicht?«

»Nein«, antwortet er, »ich weiss nicht, was ich tun soll.«

»Wenn ich dich berühre?«

Er nickt.

»Was du willst. Oder nichts«, sage ich.

Er hält den Kopf gesenkt, sein Blick wandert über den Tisch. Er scheint sehr konzentriert. Dann nickt er, sieht mich kurz an. Er steht auf. »Danke.«

Damit meint er wahrscheinlich eher den Wein und das Essen, nicht die Berührung, ich nicke. Wir verabschieden uns an der Tür. Der Kaffee bleibt stehen.

Es ist ähnlich wie beim ersten Mal. Ich denke an ihn, bin unschlüssig. Alles scheint unverändert, auch wenn ich jetzt weiss, wie sich seine Hand anfühlt. Ein bisschen. Nur ist es jetzt wahrscheinlicher, dass wir einander wiedersehen. Das zumindest hat sich verändert.

Kálmán

Im grünen Zimmer
Jetzt bin nur ich. Das ist selten. Sicher, die Pumas sind wahrscheinlich in Stellung vor der Tür. Aber sonst spüre ich nichts. Das Zimmer weitet sich, stossweise, wie getrieben von Schallwellen oder Elektrizitätsschüben. Das Alleinsein wächst. Je grösser der Raum wird, desto weniger kann ich mich bewegen. Ich spüre, wo die Stümpfe enden, und da, wo sie enden, stürze ich, und keine Hände sind mehr da, um den Sturz zu dämmen, keine Arme, nur noch die Brust, der Mund. Ich atme. Die Stirn, in ihr pocht der Puls. Der Rumpf, in ihm zieht Schmerz in Strömen und Gegenströmen. Pochen und Ströme füllen das Zimmer bis zum Rand.

Ganz langsam denke ich an alles. Ich aussen, alles andere innen. Rhythmisches Schlagen, Knarren der Zellentür, Warten und Stehen, Ausrücken, wie getriebenes Vieh, Laden, Anlegen, Schiessen, das Gewicht der Ketten, metallene Ringe am Hals, an den Handgelenken, ich höre sie, die Handgelenke über dem Kopf, bis in den Schlaf hinein, beim Rennen, beim Stehen, beim Kriechen und drinnen sowieso. Dann kommen die Worte abhanden, der Rest fällt wie Schatten auf mich und treibt in mich hinein. Aber auch das kann ich denken, sehen, riechen. Der Atem reicht. Ein Teil von mir bleibt draussen.

So wäre es am besten. Immer so. Ohne dass sie gleich alle hier sind und es wieder und wieder geschieht. So müsste ich nicht in die Zimmer. Ich könnte es denken. Langsam, eins nach dem anderen und dabei draussen bleiben, im Flur oder in der Küche. Ich könnte die Gedanken langsam dahin führen, wo ich sie haben will. In jene Wälder zum Beispiel, in dieses grüne Zimmer. – Aber meistens gelingt es nicht. Die Erinnerungen wandern. Sie wechseln den Ort und stiften Unruhe. Eigentlich haben sie ihren Platz. Es gibt einen Weg dorthin, nehme ich einen anderen, erreiche ich die Erinnerung nicht. Jetzt verlassen sie ihren Ort, und nichts stimmt mehr. Sie kommen, wahllos, zu jeder Zeit. Ist es dann zu Ende, bin ich irgendwo in diesen Weiten. In verworrenen Landschaften. Unübersichtliches Land. Es ist zu dunkel da. Der Ort, von dem ich nicht wegkomme. Da kommen sie alle her, formloses Kellertier, noch dunklere Schatten und wohl auch die Pumas.

Heute gelingt auch das, es ist kein feindliches Gebiet, alles bleibt ruhig. Ich suche jenen anderen Ort. Den, den ich mache, aus einem Stück grünem, rauschendem Erinnern, den Ort, den ich denke, von dem ich gern erzählen würde, ihr vielleicht. Aber es gibt ihn nicht, nicht mehr. Nichts ist mehr wahr. Trotzdem. Ich könnte ihr davon erzählen. Sie würde zuhören.

Dieser Ort wäre gross, grösser als in der Erinnerung. Da gäbe es verschiedene Länder, bewohnt von verschiedenen Menschen. In manchen Landschaften lebten die Menschen, die ich meine, versteckt, aus manchen Landschaften würden sie vertrieben. Sie wären mir ähnlich. Aber das stimmt nicht. Da ist niemand mehr. In diesen Landschaften wohnen nur noch Bären, Geister, Hirsche und Wölfe. Die Felsen sind alt, und der Wind kommt von Norden und singt. Die Wälder sind gross. Darin gibt es Orte, die sind von einem anderen Dunkel. Das Grün ist dicht, die Luft ist satt vom Duft jener Blüten, die im Schatten blühen. Man tritt ein in diese Orte – es gibt nur wenige – wie in ein grosses, leeres Haus. Das Dach ist Geäst und Blattwerk, Stämme und moosbewachsene Steine sind die Wände. Die Zimmer sind Haselsträucher und Weidenranken, der Boden Moos, Blätter, Nadeln und weiche Erde. Es ist dunkler da. Das würde ich ihr erzählen.

Vielleicht würde ich gar nicht merken, dass ich am Eingang eines solchen Ortes stehe. Es ist immer still da. Wenn ich eingelassen werde, werde auch ich dunkler. Dem Haus ähnlicher. Ein Vogel schreit vielleicht. Ich bin nicht sicher, ob er draussen ist oder hier drin. Man hört nicht viel von draussen. Als ob man unter Wasser wäre. So könnte ich es ihr erzählen.

Sie würde zuhören. Sie hört, was wir einander sagen. Auch wenn sie meistens diejenige ist, die spricht. Sie hört auch dann zu, wenn sie spricht. Vielleicht würde sie es nicht verstehen, nicht verstehen, was es wirklich ist, dieses Land. Und ich könnte es nicht erklären. Dass nur ein Teil Erinnern ist. Ein Teil ist Traum. Es liegt dazwischen. Es ist Vergangenheit, aber nicht unsere, vielleicht die der Vorfahren, wir wissen nur darum, aus Erzählungen, von leise gesummten Liedern, vom Geflüster zwischen den Zellentüren.

Ihre Hand auf meiner. Auch da hat sie zugehört. Ihre Hand auf meiner war eine Frage. Alles, was ich dachte, was ich tun wollte, war falsch. Aufstehen und gehen. Meiner Hand nie mehr erlauben, in ihre Reichweite zu geraten. Tu das nicht. Berühr mich nicht. Die Hitze, die durch die Lunge kriecht in den Kopf. Die andere Hand, die sie packen will am Handgelenk, es verdrehen will, so dass sie aufspringt. Das alles taugt nicht. Also warten, bleiben, bis es nicht mehr geht. Ihre Hand war leicht, die

Haut kühl. Es war ganz still. Aber jetzt ist im Nachhinein, das nützt nichts mehr.

Im Zimmer des Offiziers
Es ist nicht sicher, wenn es dunkel wird. Sie sind nah, die Pumas, jetzt sind sie Wächter. Sie riechen meine Angst. Ich rieche sie. Trotzdem gehe ich wieder hinein. Erstes Zimmer, unten rechts. Ich rieche ihn und mich, meinen Schweiss. Sein Blick. Diese Angst. Gerade diese Angst, vor ihm, der immer nur am Rand stand, zusah, sich abwandte und wieder zusah, dann, wenn ich allein und wieder in der Zelle war, die Ketten in den Ringen in der Wand. Sie ist verwoben, diese Angst, mit den anderen, Angst mit Angst mit Angst verknotet. Sie ist die äusserste. Alles andere, wenn die anderen kamen, mich holten, der andere Raum, wenn sie die Haut aufbrachen, den Körper. Meinen Körper. Das ist noch unsichtbar. Es kommt danach, nicht jetzt, ist noch versteckt hinter seinem Blick und der äussersten Angst. Beschützt vielleicht.

Aber das, wie er zusah. Das schlüpft hierhinein, jetzt, füllt alles aus, bis in den Riss in der Wand reicht sein Blick. Auf mir setzt er sich ab, feucht zuerst, beginnt zu spannen, wie vernarbte Haut, zu eng. Durch den Mund atmen, schnell und flach, dann bleiben sie unten, Magensäure, Schwindel.

Das Zittern kommt trotzdem. Unter seiner Blickhaut breitet es sich aus, im Atem, von den Händen zur Brust, unter der äussersten die zweite Angst. Auch das sieht er, auch dahinein greift sie, die feuchte Blickhaut, spannt, wird fester, bald gefrieren die Muskeln, das Zittern wird schneller und kleiner. Ich sitze fest. Aussen beginnt sein Blick zu gleiten, kalte Finger, da, wo er hinschaut. Tastende Augenfinger, den Rücken hinunter zur Hüfte, über die Hüfte weiter zum Rest der Beine, da warten sie, auf den Stümpfen. Davor, dazwischen, wie abgefaultes Holz, der Unrat, auch da wartet er, kurz nur, auf der verschandelten Schlange. Innen wird es hell hinter meinen Augen, die Wand mit dem Riss verschwindet, es blendet, auch unten nur gleissender Nebel. Die Luft wird dünn. Ich taste, langsam, weit kommen sie nicht, meine Hände, gefesselt von Blickhaut. Aber da ist Boden, sind Dielen, hellbraun, das weiss ich noch. Neben den Händen die Knie, langsam, die Knie, dahinter die Prothesen, sie halten, auch meine Hände und der Boden. Rückwärts. Irgendwo die Tür hinter mir. Aber heute bleibe ich drin. Es geschieht nichts, nicht wirklich. Nichts dringt hinein, wirklich unter die Haut, nichts wird aufgerissen. Nichts zerbricht. Da ist nur sein Blick aussen. Eingeschlossen kann ich warten. Es hält. Es bleibt bei der äussersten Angst. Warten, nur atmen.

Mein Blick kann irgendwo versinken so lange. Als die Haut mich freilässt, schaue ich wieder, sehe die Bodendielen. Dann stehe ich auf und gehe raus, nicht ganz aufrecht, aber auch nicht auf allen vieren.

Die Küche ist hell. Ich könnte mich setzen. Ich trinke schnell. Ich könnte hierherkommen ab und zu und eine Weile bleiben, lesen vielleicht. Hier in der Küche ist es gut.

Seltsam, dieses Haus. Er wollte, dass ich es habe, der Offizier. Er sagte nie etwas davon. Sagte fast nie etwas, auch nicht, als er mich wegbrachte. Als ich nicht mehr nützlich war. Er sprach, das schon, von Frontlinien, die nicht mehr klar erkennbar waren, von internationalen Streitkräften, die angekommen waren. Von Hilfsorganisationen, die nicht wussten, wohin mit ihren Zelten und Decken. Seine Augen auf meinem Bauch, auf den Stümpfen. Er sprach nicht zu mir. Nur einmal, ich war nicht ganz bei mir, sagte er: »Wir sind da. Die Grenze ist noch offen.« Er gab mir von dem Zeug, und ich schlief wieder ein. Sonst fasste er mich nie an. Er nicht.

Es sollte sicher sein, hier, in diesem Haus. Seinetwegen bin ich hier. Hier gibt es Berge, Wälder. Das Haus gehört nicht mehr ihm. Ihn gibt es nicht mehr. Deshalb konnte ich jetzt hierherkommen. Er wollte es so.

Sophia

In der Stadt
Geh wieder nach draussen, keine Angst. Geh einfach wieder in die Strasse, in der du gestern warst, und such da weiter.

Erkennst du die Fassaden? Hellgrau, sandfarben, ocker, dunkelgrau. Geh weiter, die Strasse ist noch nicht zu Ende. Jetzt bist du beim letzten Haus. Es hat eine schwere Holztür mit einem dunklen metallenen Türknauf. Sieh hin. Das Haus ist etwa hundertachtzig Jahre alt, wie alle in dieser Strasse. Du siehst es, nicht?

Die richtige Tür, die nach kurzer Zeit davor erscheint, schimmert bronzen. Warte einen Moment, bis du ganz sicher bist. Warte.

Jetzt gehst du die paar Schritte zum Haus, die zwei Stufen zur Tür hinauf. Du stösst die Tür auf. Jetzt.

Hinter der hölzernen Tür
Ich gehe durch die Tür. Ich halte den Atem an, ich weiss nicht, ob man das muss, aber es geht besser so. Hier ist es hell, der Boden gibt etwas nach, so dass der Schritt leicht wird, wie früher, als wir noch klein waren. Es riecht ein bisschen nach Gummi, süsslich

und bitter, ich mag diesen Geruch. Ich habe Zeit, ich muss nicht schnell gehen. Es ist still, das grosse Rauschen von draussen, die tausend Geräusche sind verschwunden. Eine Lichtquelle ist nicht sichtbar. Der Gang – es ist zu hell, um ihn Tunnel zu nennen – ist so breit, dass drei Personen nebeneinanderher gehen könnten und immer noch genug Platz wäre, einen Entgegenkommenden durchzulassen. Der Gang führt immer geradeaus – wenn er eine Kurve macht, dann geschieht das langsam, ich bemerke es kaum.

Ich kann meine Hand die Wand entlangstreifen lassen, das ist angenehm. Sie ist wie ein Stoff, aber härter und genauso warm wie meine Haut. Jetzt wird ein Stück der Wand durchsichtig, links, auf Augenhöhe, wie ein Fenster. Dahinter ist ein anderer Raum. Die Wände sehen aus wie die hier im Flur. Wahrscheinlich fühlen sie sich auch so an. Der Raum ist aber um einiges höher und der Boden dunkler. Ob das ein Raum des Hauses mit der schweren Holztür ist? Da bin ich wahrscheinlich auch eingetreten. Es ist nicht wichtig, ich muss weiter.

Das Gehen fühlt sich an wie Schlafen, zumindest stelle ich mir Schlafen so vor. Schlafen, ohne zu träumen. Ich glaube, Schlaf ist eine Bewegung, eine Bewegung des Geistes, der während des Schlafs einen anderen Ort durchwandert, langsam und in immer gleicher Geschwindigkeit. Vielleicht ist der Raum hinter der Wand vorhin ein Traum. Jetzt kommt wieder ein Fenster, diesmal rechts. Da ist eine Landschaft, eine karge Wiese, weiter hinten liegen grosse Felsbrocken. Sie liegen verstreut mit grossen Grasflächen dazwischen. Ganz weit hinten am Horizont sind flache Hügel. Das ist schön. Die Landschaft verbirgt nichts. Hier könnte ich eine Weile bleiben, aber ich glaube, ich muss weiter.

Jetzt steigt der Gang an und beginnt gleichzeitig eine weite Rechtskurve. Es fühlt sich an, als ob der Korridor und das Gefüge, in dem er sich befindet, nach rechts kippten. Ich gehe schief. Aber hier endet der Gang.

Jetzt bin ich in einer grossen Halle. Sie sieht aus wie ein Kino oder ein Meeresaquarium mit breiten Stufen, auf denen man sitzen kann. Vorn ist eine Scheibe, so breit und hoch wie die ganze Wand. Sie zeigt wieder die Landschaft von vorhin. Die Steinbrocken werden seltener, je weiter links man schaut, auch der Boden scheint sich da zu verändern. Da wächst kein Gras mehr, der Boden ist steiniger und etwas heller.

Ich glaube, die Landschaft ist für mich. Dahinein muss ich gehen. Vielleicht ist da schon die nächste

Tür. Aber noch nicht gleich. Erst mal ruhe ich mich aus. Wer weiss, wie lange ich gegangen bin. Wie tief ich in diesem Gebäude bin.

Kálmán

Beim Garten
Im Wohnraum vor dem Zimmer, in dem ich schlafe, sind die Bücher. Ich zähle die Bücherrücken. Es ist schön da, aber zu nah am anderen Zimmer, dessen Tür verschlossen bleibt. Ich muss daran vorbei. Die Treppe nach unten ist gegenüber dieser Tür. Die Titel aufsagen, die Autoren, die wenigen Autorinnen, die Farbe, wenn ich ihn weiss, den Inhalt, danach kann ich runter. Sie stehen da, geordnet nach Gattung. Klassiker der deutschen Literatur, der französischen und einige wenige englische. Dann neuere Belletristik, deutsche und ein paar englische. Keine Lyrik. Das hilft, das kann ich denken, das ist immer ein Weg zur Treppe und hinunter.

So kann es nicht bleiben. Hier geht es nur ständig hinein in die Zimmer und wieder hinaus. Drinnen ändert sich nichts, und wenn, dann zu langsam und zu wenig. Da verschwindet nichts. So geht es nicht. Was von mir noch da ist, wird verbraucht. Es wird alles weg sein, bevor ich irgendwo ankomme. Und wo soll das sein. Man müsste sie einschlagen, aus den Angeln heben, alle diese verdammten Türen.

Erst mal hinaus, das hier kann warten. Draussen ist es noch kühl. Die Hausfassaden, wie Bücherrücken, grosse Bücher, hellgelb, hellrosa, weiss, grau. Sechs bis hinunter zum Brunnen, wo die mittlere Gasse abbiegt. Acht am Laden vorbei bis zur Abzweigung zum Bahnhof. Weiter bis zum Ende des Pflastersteins. Weiter den neueren Häusern entlang bis zum unteren Dorfrand. Weiter, ein kleines Stück, ein Schotterweg, weg von der alten Talstrasse, in die Wiesen hinaus. Was tue ich hier. Hinter mir das Dorf, ihr Haus ist verdeckt von andern, rosa, weiss, weiss, hellgelb, dahinter muss es sein.

Am Bahnhof vorbei, durch den unteren Teil, zur Käserei, das wäre länger. Oder doch denselben Weg zurück, vielleicht ist sie schon – nein. Untendurch. Der Bahnhof ist leer, kein Zug, aber an die untere Strasse grenzen Gärten, in einem davon stehen Johannisbeersträucher, Brombeergestrüpp, es duftet, Blumen, Margeriten, Rosen, eine Feuerlilie, Nachtkerzen, und solche, die ich nicht kenne. Weiter hinten an der Hausmauer Erbsen- und Bohnenranken, Kräuter, dazwischen Gemüse. Die Beete, manchmal schief, aber mit kleinen, sauberen Wegen dazwischen. In jedem eine Pflanzensorte, ein Grün, nur die Blumen sind gemischt. Sicher kühl, wenn man sie berührt, und fein, Kresse, Karottengrün, Schnittlauch. Hellgrün. Nichts stört. Alles wird jeden Tag angesehen. Berührt vielleicht. Das, wie das wohl ist.

Die Käserei ist schon offen, aber ich gehe vorbei, unten herum, an der Kirche vorbei, durch eine schmale Gasse, sie ist erdig dunkel, zurück zur Hauptstrasse, da ist wieder Pflasterstein. Die Sonne ist jetzt auf den Dächern. Bald wird es warm. Noch das steile Stück, dann wieder hinein.

Dieses Haus. Da summt es, wie wartend, ein Puma steht an der Treppe, die Ohren aufgestellt. Er würde mich vorbeilassen, aber ich will nicht hoch. Ich gehe in die Küche, schlucke das Zeug. Im Gemüsefach sind noch zwei Karotten, auf der Anrichte ein Apfel und etwas Brot. Ich kann noch mal raus, zum Laden.

Zuerst den Apfel essen, mich hinsetzen, warten, bis das Zeug wirkt. Es hilft, das Summen wird schwächer, rauscht noch, leise. Hinter der Spüle, wo die Arbeitsplatte in die Wand übergeht, ist der schmale Spalt. Dahinein ist neulich der Rest der Erinnerung. Der Rest seines Blicks. Nicht hinsehen, nicht die Augen schliessen. Den Garten auf den Tisch zeichnen.

Diesmal sind sie hell, die Hauswände, helle Leinwände, leere Seiten. Neben der Strasse steht eine

Katze, auf der Bank vor dem Haus gegenüber schläft eine andere, vorher war es hier leer. Sonst begegnet mir niemand. Nur Stimmen aus einer offenen Haustür und ein Auto weiter unten. Ich kaufe etwas Gemüse, Milch, ein kleines Brot und einen Apfel.

»Wollen Sie die Zeitung?« Die Verkäuferin sieht mich an, streckt mir eine Zeitung hin.

»Danke.« Ich schüttle den Kopf. Das Geld habe ich ihr schon gegeben. Sie sieht mich noch kurz an. Ich weiss nicht, ob ich etwas sagen muss. Ich weiss nicht, was.

»Danke, einen schönen Tag«, sagt die Verkäuferin.

»Auf Wiedersehen.«

Draussen bleibe ich kurz stehen. Etwas ausser Atem. Die Zeitung wäre gut gewesen, mal was anderes. Nächstes Mal. Ich gehe zurück, Richtung Brunnen. Bevor ich beim Brunnen bin, biegt sie von der mittleren Gasse ein und kommt mir entgegen. Ich bleibe stehen. Auch sie, aber nur kurz, dann kommt sie näher und grüsst. »Wie geht's dir?«

Ich nicke. »Und dir?«

Sie lächelt, nickt. Sie dreht sich um. »Ist es in Ordnung, wenn ich ein Stück mitgehe?« Sie weist mit dem Kopf die Strasse hinauf. An dieser Strasse sind keine Gärten.

»Hat dein Haus einen Garten?«, frage ich.

»Ja, unter dem Haus, aber seitdem meine Mutter allein ist, kommt sie nicht mehr regelmässig hierher. Sie machte früher den Garten. Jetzt ist da Wiese, und einen Teil mieten die Nachbarn. Ich bin keine Gärtnerin. – Gibt es bei dir einen?«

Ich schüttle den Kopf. »Wiese und ein paar Büsche. An der unteren Strasse ist ein Garten. Ein schöner, meine ich.«

Ich sehe zu ihr rüber. Sie trägt Turnschuhe und eine dunkelblaue Stoffhose. Besser auf die Strasse schauen. Ich weiss nicht, ob es sie interessiert.

»Der mit den Rosen und den Nachtkerzen? Der ist schön. Margeriten und Johanniskraut und dann natürlich die Königin, die Feuerlilie. Das ist der schönste Garten hier.« Sie lacht leise. »Ich mag Blumen, grosse Blumen. Aber nur bei anderen, ich habe meine Pflanzen immer verkommen lassen.« Sie zuckt die Schultern. »Magst du Gärten – oder Blumen?«

»Ich glaube schon.« Ich weiss es nicht, ich kenne keine Gärten und nicht viele Blumen. Bäume sind gut. Und dieser Garten ist schön – so, dass ich ihn wieder anschauen möchte.

Am oberen Dorfrand
Wir gehen hoch, an meinem Haus vorbei, dem Dorfrand zu. Es ist steil. Der Atem ist flach. Ihre

Hände in den Hosentaschen. Ich glaube, sie sieht mich an. Nach dem letzten Haus kann ich ins Tal hinunterschauen. Später auch zur anderen Talseite, dann die Berghänge hoch zu den Zacken. Wir bleiben stehen. Neben der Strasse ist der Abhang steil, da ist ein Geländer, robuste Balken. Ich stelle die Einkäufe ab.

»Warst du lange da?«

Ich bin nicht ganz sicher, was sie meint.

Sie sagt: »Da, weswegen du jetzt hier bist.«

Die Wolken haben sich über den Bergspitzen aufgetürmt, schwere, schwebende Kolosse. Die Umrisse der Gipfel sind verschwunden. Ich weiss immer noch nicht genau, was sie meint, aber wahrscheinlich ist es nicht so wichtig. – Es kommt darauf an, was dazugezählt wird. Vielleicht meint sie alles. Alles, seit dem Anfang, dem Lastwagen mit den riesigen Reifen. Die schreiende Frau. Sie wollte mich festhalten … Nein, ich kann nicht daran denken.

»Neun Jahre. Zehn vielleicht.«

»Weisst du es nicht genau?« Sie sieht mich an.

»Mh. Ich könnte genauer nachrechnen.«

Das Holzgeländer ist warm von der Sonne. Das Holz ist dunkel, dunkler als die Dielen im Zimmer mit dem Riss in der Wand, auch dunkler als das Treppengeländer. Es ist voller kleiner Risse. Sie steht mir zugewandt, schaut jetzt aber zu den Bergen oder zu den Wolken. Da sind Spuren ganz kleiner Fältchen neben ihren Augenwinkeln. Ihre Augen sind etwas zusammengekniffen, sie blinzelt fast nie. Vielleicht sage ich zu wenig. Was sie wohl denkt.

»Was denkst du?«

Sie sieht mich an. Diesmal geht es, ich lasse den Blick, wo er ist, meinen und ihren.

»Du kommst von weit her.« Auch diesmal bin ich nicht ganz sicher, was sie meint.

»Na ja, das stimmt ja auch, irgendwie.«

»Ja. Nein, nicht so. Du stammst aus etwas anderem. Wie aus einer anderen Welt. Du hast Dinge erlebt, von denen ich gerade mal weiss, dass es sie gibt. Aber wirklich vorstellen kann ich mir das nicht. Und ich war mir nicht bewusst, dass diejenigen, die sie erlebt haben, hier sind. Hier sein könnten.« Sie weist mit dem Kinn zum Dorf hinunter. »Du führst ein anderes Leben, mit einer vollständig anderen Vergangenheit und einer anderen Ordnung.«

Eine Welt, das würde bedeuten – vieles würde es bedeuten. Ein Land. Eine Landschaft zumindest, Wälder und Felsen. Ein See vielleicht und Flüsse. Menschen, Lieder und eine Sprache. Viele, die zusammengehören. Das alles ist es nicht. Nicht für uns. Falls es das einmal gab, wurde es zerbrochen. Stück für Stück, die einzelnen Stücke in noch kleinere geteilt, bis zur Unkenntlichkeit zermahlen.

Meint sie das? Vielleicht gibt es etwas davon, was ich irgendwoher weiss. Einen Bericht? Wenn, dann nicht einmal das, eine Geschichte vielleicht. Eine Geschichte des verborgenen Landes mit den grünen Wäldern. Diese Orte, wie Tempel aus Baumstämmen, Zweigen, gefallenen Nadeln. Moos. Das könnte ich ihr erzählen. Aber da ist weniger, nicht einmal ein Traum, da sind nur noch Geister. Jetzt geht der Blick nach unten.

»Nein, ich glaube nicht.« Was kann ich sagen? »Ich glaube, du meinst etwas anderes. Da ist keine Welt. Wir waren allein da. Es war nichts um uns herum. Nichts davon.«

Sie ist immer noch ganz still, blinzelt nicht. Ihr Atmen ist unsichtbar. »Ja. Es ist schwierig, zu beschreiben, was ich meine. Es hat damit zu tun, wie du bist oder wie du auf mich wirkst. Und wie ich bin.«

Vielleicht verstehe ich, was sie meint. Eine andere Wirklichkeit. Ein Dorf mit einem Haus, ihrem Haus, mit ihren Erinnerungen von früher. Sicher gibt es da Lieder. Ihre Stadt, wo sie sonst lebt und arbeitet. Ihre Schwester in der Klinik. Die Türen dazwischen. Das kenne ich, zumindest diese Türen. Automatische Glastüren. Ihre Eltern. Und andere, Freundinnen wahrscheinlich, Freunde, Kollegen. Vorgesetzte. Auch das kenne ich, irgendwie. Ihre

Sprache. Ihre eigene Sprache. Zuerst die der Mutter, Deutsch, dann die des Vaters und des Dorfes, Romanisch. Zweimal die eigenen Wörter, die besten und die schlimmsten. Die liebsten. Meine, diese hier, sind bloss halb, einmal gelernt, viel zu spät. Davor war lange Schweigen.

Es gab andere mit mir, es gibt sie. Einige sind vielleicht noch da, irgendwo. Aber da waren keine Wege zwischen uns, kaum ein Blick. Zu viel war unsicher. Und dann nützte es nichts, es wäre vergebens gewesen, etwas zu verstehen vom andern, vergebens, etwas zu versuchen, einen Schritt vielleicht, eine Geste. Es wäre zerbrochen, zum Einsturz gekommen, alles das. Keiner liess das jemals zu. Es war zu riskant. Trotzdem – aber jetzt ist es zu spät und taugt nicht mehr.

Aber das ist nicht alles. Es gab mehr, ganz am Anfang. Vor dem Lastwagen mit den riesigen Rädern, vor der schreienden Frau, die mich festhalten wollte. Sie. Das. Da war Sonne, Hellgrün war da und bräunlich gelber, steiniger Boden. Wörter. Es war warm da.

»Was ist?«, fragt sie.

Warm. Warmer Wind und Stimmen, nicht nur die Frau. Da waren noch andere. Davor.

»Ist alles in Ordnung?« Sie steht ganz dicht neben mir. Plötzlich nah. Das Holzgeländer. Meine Hände darauf, versuchen das Holz fester zu halten. Sie sieht es. Die Hände zittern. Sie schaut auf meine Hände, auf mein Gesicht. Ausatmen. Ihr Blick ist ruhig. Sie wartet. Ich kann mich räuspern, meinen Blick die Berghänge erklimmen lassen, bis zuoberst, und dann in die Wolken. Es hält. Der Blick rutscht nicht ab. Ich nicke. Sie wendet den Blick auch wieder den Bergen zu. Sie bleibt nah bei mir stehen. Ich rieche sie, trockene Blumen. Mir ist warm.

Nach einer Weile fragt sie: »Hast du Hunger?«

Das ist gut. Wir können weiter.

Beim Gehen kann ich daran denken, an die warme Luft, an den Lastwagen. An die Stimme der Frau, sie war noch lange zu hören. Langsam, Schicht für Schicht kann ich es denken und da aufhören, wo ich will. Alles davor, ganz am Anfang, das denke ich nicht. Gäbe es das, so etwas, das würde bedeuten, dass auch ich – wie Vera –, nein. Das gibt es nicht für uns. Es ist nicht da.

In der Beiz

Wir gehen die steile Strasse wieder hinunter, Richtung Dorfkern. Als wir bei mir vorbeikommen, lege ich die Einkäufe ins Milchfach. Sie liest den Namen am Briefkasten. Jemand hat meinen Namen auf ein Stück Malerkrepp geschrieben, den alten überklebt.

Wir gehen hinunter zur Beiz. Draussen sind alle Tische leer. Die Oberflächen glänzen, hellgraues Metall. Wie warm sie wohl sind – aber die Hände lasse ich unten, presse sie in den Hosentaschen auf die Oberschenkel, eine kleine Weile noch, warten.

»Wir könnten in dieses Seitental fahren.« Sie zeigt vage ins Tal hinunter, Richtung Landesgrenze. »Da kann man zollfrei einkaufen.« Sie sieht mich an, hebt leicht die Augenbrauen und lächelt, »Schnaps und Uhren und so was«, als ob sie selbst nicht ganz überzeugt davon wäre. Warum nicht.

»Ja, gut. Ist das weit von hier?«

Sie verneint, etwa vierzig Minuten Autofahrt, aber eher wegen der vielen Kurven und Tunnels und nicht weil es weit weg sei. Ich glaube, sie freut sich. Ich schaue zum Tisch. Unsere Getränke kommen, Bier diesmal, und Brot mit Käse und Trockenfleisch.

»Kommst du vorwärts mit deiner Arbeit?«

Sie runzelt die Stirn. »Geht so. Ich dachte eigentlich, dass es hier einfacher sei, wo ich doch über die Sprache hier und deren Bücher schreiben soll.«

Sie erzählt, dass ihr Vater eine Zeitlang für die Bibliothek des regionalen Museums verantwortlich war und alle Bücher, die auf Romanisch veröffentlicht wurden oder wichtig für die Sprache und Kultur waren, in der Hand hatte. Oft habe er sich ein zweites Exemplar für sich und die Familie besorgt. Ich denke an das Bücherregal in ihrer Stube. Da standen eher neuere Bücher. Irgendwo müssen noch mehr sein. Alte Einbände wahrscheinlich, Leinen, braun, dunkelblau, beige, hellgrau. Vielleicht sogar ganz alte aus Leder.

»Es ist fast einfacher, in der Stadt darüber zu schreiben. Die meisten Bücher und Unterlagen, die ich brauche, wären auch da irgendwo vorhanden.« Sie seufzt. Jetzt blinzelt sie wieder öfter. »Und du? Gibt es viel aufzuräumen?«

»Nein, eigentlich fast nichts. Im Schuppen und im Stall liegt noch altes Zeug rum, Kisten, Werkzeuge. Im Haus sind auch noch Bücher. Aber die können dableiben.«

Im Haus sind andere Dinge. Es gibt nicht viel zu tun da. Nicht so, wie sie es meint. Trotzdem muss ich noch bleiben. Ob ich es ihr erklären kann – ob sie noch länger hierbleibt, auch wenn sie in der Stadt besser arbeiten kann?

»Wie bist du eigentlich zu diesem Haus gekommen?«

Ich zögere. Ich bin selbst nicht ganz sicher. Er wollte es so.

»Es gehörte einem Offizier. Es gab keine anderen Erben. Zumindest keine, die davon wussten oder sich dafür interessierten. Es ist schon lange nicht mehr dauerhaft bewohnt. Es sollte irgendwie den Opfern und Flüchtlingen des Kriegs zugutekommen. Vielleicht war ihm nicht klar, wie. Vielleicht steht es nicht an einem guten Ort für so was. – Dann hat er es mir vermacht.«

Sie trinkt einen Schluck. »Dann kanntet ihr euch gut?«

Ich schaue auf den Tisch. Die glänzende Oberfläche. Ich weiss es nicht. Etwas zieht sich zusammen. Ganz leicht nur. Die halbleeren Biergläser, die runden Abdrücke auf dem Tisch, die Brotkrümel. Ich weiss nicht, warum er wollte, dass ich dieses Haus habe. Weiss nicht genau, was ich ihm genützt habe. Es ging mit ihm. Ich musste nichts tun. Nur warten. Alles andere, was wirklich passiert ist, draussen auf dem Platz, in den hell ausgeleuchteten Zellen mit all dem Gerät, das war nicht er. Er wollte nur schauen. Erst jetzt bricht das ein, in diesem Zimmer mit dem Riss in der Wand. Erst jetzt tastet auch sein Blick wie Finger, greift in die Haut. Trotzdem, damals ging es. Es gab anderes, was schlimmer war. Ich weiss nichts von ihm, kenne nur seine Stimme, die lauten Befehle beim Drill und leiser, später, als er mich wegbrachte. Aber auch da habe ich nichts erfahren von ihm. Nur seinen Blick. Und jetzt dieses Haus. Hier hat er nie gewohnt. Darüber hat er nichts erzählt. Das ging alles schriftlich über einen Anwalt, nachdem er gestorben war. Trotzdem.

»Seinetwegen bin ich jetzt hier. Dank ihm.«

Sie nickt. Eine Weile sieht sie mich an. Auch ihren Blick spüre ich, aber da tastet nichts. Es ist nur, als ob sie mich kurz anleuchtete. Schwach nur, wie mit einer Kerze.

Wieder beim Haus, schaue auch ich auf den Namen am Briefkasten. Mein Name auf dem Malerkrepp. Dahinter ist der Familienname des Offiziers.

Vera

In der mittleren Gasse
Ich recherchiere seine Herkunft. Ich glaube zu erkennen, woher er kommt, zumindest mehr oder weniger, es gibt hier sonst nicht viele Menschen mit dieser Haut, dieses Hellbraun, die hellen Augen und die dunklen Haare. Mit Namen wie seinem. Kálmán. Da ist der Krieg, den er erwähnt hat, das weiss ich. Ich habe ein schlechtes Gewissen, dass ich nicht mehr darüber weiss.

Es ist kompliziert und der Anfang lange her. Der Konflikt dauert schon über siebzig Jahre. Am Anfang geht es um Autonomiebestrebungen einer Region. Abkommen werden unterzeichnet, aber die Machtansprüche der angrenzenden Nationen lassen sich damit nicht befriedigen. In den darauffolgenden Jahrzehnten werden Grenzen gezogen, verschoben, Gebiete beansprucht. Schliesslich setzt sich der Konflikt entlang einer Demarkationslinie fest. Die Menschen dieser Region, dieser Welt, die ich als solche gar nicht gemeint habe, vorhin am Dorfrand mit ihm, werden kaum mehr erwähnt, höchstens noch in statistischen Zahlen. Verschwundene Menschen, Kindersoldaten, eine Befürchtung hie und da, dass hier Kriegsverbrechen und Verbrechen gegen die Menschlichkeit verübt werden.

Sein Blick vorhin, fest in die Berghänge verkeilt, damit kein noch so kleiner Gedanke abkomme von dieser Bahn zwischen uns und der anderen Talseite, sein Blick, als ob er jeden abtrünnigen Gedanken bestrafen wolle.

In den späteren Berichten dann die Bestätigung dieser Befürchtungen, internationale Streitkräfte werden aktiv, humanitäre Hilfsorganisationen kommen zu Wort, sie wissen schon lange davon. Da die Region aber weiterhin abgeschottet wird, bleibt die Situation prekär und unübersichtlich. Ich konzentriere mich. Ich möchte es verstehen, schliesslich interessiere ich mich für diese Zusammenhänge, für die Weltpolitik.

Wie alt er wohl war, als er abgeholt, rekrutiert wurde? Es war wohl eher eine Entführung und die Kaserne eher ein Gefängnis. Ich frage mich, wie er über seine Herkunft, diesen Konflikt denkt. Auch er muss irgendwie erfahren haben, worum es ging. Vielleicht wurde er nach und nach informiert. Oder aber es wurde ihm nur gesagt, was er tun muss. Das ist wahrscheinlicher. Vielleicht konnte er das, was er wusste, zu einem grösseren Bild zusammenfügen. Vielleicht hat er sich später dafür interessiert, und es wurde ihm erzählt, oder er hat selbst gelesen, was es darüber zu lesen gibt. Im Nachhinein, genau wie ich. Er ist schon einige Jahre hier, in Auffangzentren, Kliniken, in einer Wohnung. Er weiss andere Dinge. Er kennt eine innere Version des Ganzen. Er weiss von Gefängnissen und Folter, wovon in den neusten Berichten geschrieben wird. Er weiss auch von Dingen, die niemand aufgeschrieben hat. Wahrscheinlich weiss er von Attentaten, von Kämpfen an Fronten, die nirgends verzeichnet sind, wo er als Kind, als Jugendlicher war. Und all das, von dem ich weiss, dass es existiert, von dem ich lese, dann und wann, von dem ich höre in den letzten paar Sätzen der Mittagsnachrichten. Ich denke an seine Hände, die auf dem Holzgeländer zitterten, an die Bewegungen seiner Kiefermuskeln und schäme mich ein bisschen. Wofür, weiss ich nicht genau, vielleicht für mein Unwissen oder aber für mein Interesse an der Weltpolitik.

Dieses Mal haben wir uns verabredet. Dieses Mal ist es sicher, dass wir uns wiedersehen. Ich gehe noch einmal raus, klopfe beim Nachbarn. Er stellt sein Auto in unserem Unterstand ab, dafür darf ich es benutzen, wenn er es nicht braucht. Er braucht es am nächsten Tag, aber am übernächsten nicht. Er bittet mich, im Seitental zu tanken und ihm eine Stange Zigaretten mitzubringen. Marlboro Gold.

Im Seitental

Ich halte vor seinem Haus, steige aus und klopfe. Er ist bereit, kommt raus, schaut mich kurz an. Wir fahren schweigend. Bei der ersten Möglichkeit tanke ich und kaufe die Zigaretten für den Nachbarn. Ich schaue das Regal hinter der Kasse an. Sophia und ich hatten keine bevorzugte Zigarettenmarke, wenn wir manchmal während der Ferien im Dorf Campari tranken und dabei rauchten. Meistens waren es Parisienne light oder, wenn es sie gab, diese dünnen parfümierten. Ich sehe sie, Vogue, es gibt sie jetzt überall. Ich nehme ein Päckchen mit. Wenig später erreichen wir unser Ziel und stellen den Wagen auf dem Parkplatz im Dorf ab.

    Hier gibt es nichts für uns. Wir gehen langsam an den Läden vorbei, an den Hotels, einmal durchs ganze Dorf, bleiben hie und da stehen, wie im Museum. Ich erzähle ihm das wenige, was ich über diesen Ort weiss. Was wir sehen, ist für uns gemacht, für uns vom Hauptal vorn oder für uns aus dem Mittelland, ein seltsames Refugium. Es sieht anders aus hier, nicht wie in unseren Dörfern im Tal. Hier reiht sich ein Geschäft, ein Restaurant ans andere. Es gibt viele grosse Hotels. Nur die Berge ähneln denen im Tal vorn, sind dieselben, nur von hinten. Hier ist man schon fast im Ausland, man spricht

Deutsch, wie jenseits der nahen Grenzen, im Südtirol oder im Tirol. Die Ställe, die Häuser, vor allem die Häuser sind anders.

Er hört zu, fragt nicht nach, und ich frage mich, was er macht mit dem, was ich ihm erzähle, wohin er es tut in seiner Ordnung, ob er einen Ort dafür hat. Wir stehen am oberen Dorfrand, es ist warm, ein paar Wanderer gehen an uns vorbei, weiter hinein in dieses enge Tal, weiter nach oben. Er schaut ihnen nach, die Hände in den Hosentaschen.

»Was habt ihr hier gemacht?«, fragt er.

»Nicht viel. Immer das Gleiche. Die Schaufenster angeschaut, Lebensmittel gekauft, zwei Flaschen Schnaps, später, als Sophia und ich volljährig waren, vier. Meistens sind wir noch irgendwo was trinken gegangen, und manchmal haben wir Eis gegessen.«

Jedes Mal hatten wir gehofft, Sophia und ich, es wäre etwas für uns dabei, etwas Schönes, wofür wir unser Taschengeld hätten ausgeben können, etwas Glitzerndes, Glänzendes, was wir uns leisten konnten, oder ein T-Shirt, meinetwegen ein Schal. Aber da war nichts, alles ähnelte allem, war gleichermassen zu teuer. Trotzdem liefen wir Schaufenster um Schaufenster ab, eine Uhr, würdest du sie tragen, diese Ohrringe, viel zu brav, und niemals eine passende Kette oder Fingerringe dazu, niemals. Am

Schluss waren es dann jedes Mal bloss Süssigkeiten, Riesenpackungen Lakritz, After Eight, Lindorkugeln. Wir fragten einander, ob wir hier leben könnten. Und wo wir leben würden, wenn es sein müsste, in welchem Haus, und was wir tun würden. Sophia wäre Masseurin gewesen, in einem der Hotels, sie hätte da eine Kammer gehabt, im obersten Stock, wäre jeden Tag nach unten gegangen in den Wellnessbereich, durchs ganze Hotel – hellgraue Teppiche in den Gängen, Holztüren, irgendwann weiter unten der Chlorduft in einem Treppenhaus und Fliesen. Sie hätte nie den Aufzug genommen, sie wäre jeden Tag unzählige Treppenstufen hinunter- und am Abend oder während der Pause, der Zimmerstunde, wieder hinaufgegangen. Ich sah das alles, was sie beschrieb, ging mit ihr durch die langen, leeren Gänge, hörte die Geräusche, eine Tür, die irgendwo hinter mir geschlossen wurde, das Klingeln des Aufzugs, die Frauen vom Reinigungspersonal, die leise miteinander sprachen, und dann das Rauschen der Lüftungen und vielleicht des Wassers, unten, wo Sophia irgendwo hinter einer Milchglastür ihren Massageraum hatte. Bei mir änderten die Tätigkeiten: Einmal wollte ich Angestellte im Tourismusbüro sein, einmal Barkeeperin und dann doch lieber Chefin eines Schmuckladens.

Wir betreten letztendlich doch einen solchen Laden.

»Wohnst du allein in der Stadt?«

»Ja«, antwortet er. Und nach einer Weile: »Jetzt schon. Am Anfang war ich in einer Art Wohngemeinschaft. Da kamen immer wieder Betreuer und Therapeuten.«

Ich würde gern wissen, was er mit »am Anfang« meint, befürchte aber, sein Erzählen könnte ins Stocken geraten, versiegen, würde ich ihn unterbrechen.

»Das war gut für den Anfang. Um sprechen zu lernen, Deutsch, mich in der Stadt zurechtzufinden. Das Wohnen zu lernen auch.«

Da sieht er mich kurz an, zuckt leicht die Schultern. Ich lächle.

»Aber jetzt ist es gut allein. Besser. Wenn mich jemand sehen will, muss er klingeln. Zuerst unten und dann noch einmal oben, oder dann klopfen. – Das ist gut.« Er streicht über den Rand einer Uhrenvitrine.

»Möchtest du dahin zurück, in die Stadt? Wenn du hier alles erledigt hast?«

Er sieht die Uhren an, überlegt. »Ich weiss nicht –«

Er möchte noch etwas sagen, er sieht mich an. Dann schüttelt er den Kopf, sieht wieder die Vitrine an, schweigt.

Wir verlassen den Laden, schlendern langsam weiter. Vor einem Restaurant bleibt er stehen.

»Es gibt nichts aufzuräumen. Nicht so.« Wieder verstummt er.

Er sieht zur Terrasse, Tische mit weissen Tischtüchern und diesen Klammern, damit sie nicht wegwehen.

»Es gibt etwas anderes zu tun. Zu ordnen. In den Zimmern. Ich weiss nicht … Ich weiss nicht, wie erklären.«

Ich nicke. Auch ich weiss nicht, wie. Weiss nicht, was ich sagen soll, was ich fragen kann. Ich sehe ihn an, und wir gehen die paar Stufen zur Terrasse hinauf und setzen uns an einen der Tische.

»Funktioniert es denn?«, frage ich.

Er zuckt die Schultern. »Ja, es wird besser. Glaube ich.«

Wir bestellen Kaffee und Streichhölzer. Ich zünde mir eine Zigarette an. Ich biete ihm auch eine an und komme mir ein bisschen albern vor. Er möchte keine.

Nach einer Weile sagt er: »Ich weiss nicht, ob es reicht. Ob es hält. – Wenn ich danach immer die Tür hinter mir schliesse, ändert sich im Zimmer vielleicht nichts.«

Die Tische um uns füllen sich langsam, die ersten Wanderer kommen zurück.

»Könntest du die Türen nicht offen lassen? Zumindest einen Spalt?«

Er sieht mich kurz an, dann schaut er auf den Tisch, schluckt.

Ich beobachte eine Familie neben uns, die beiden Mädchen wollen Eis essen. Sie können sich nicht für eine Sorte entscheiden. Jede darf nur eine Kugel bestellen.

Als ich nach dem letzten Schluck Kaffee die Tasse absetze, schaut er mich an. Er schaut, als ob er über mich nachdächte. Ich denke an die Türen. Ob er sie wirklich offen lassen könnte? Was sie wohl bedeuten, diese Türen, offen oder verschlossen? Mir wird ein bisschen mulmig, und ich lächle. Sein Gesicht entspannt sich, er schaut wieder auf den Tisch und nickt leicht. Wir bezahlen und gehen.

Die Mädchen essen Schokoladen- und Pistazieneis.

Kálmán

Am oberen Dorfrand
Wer ist das, auf diesen Strassen, in diesen Gassen? Wer ist das, der Lebensmittel kauft, keine Zeitung? Wer ist das, der mit ihr spricht? Wer reiht diese Wörter aneinander, stellt diese Fragen? Wer sieht sie an? Er kommt nicht mit hinein, wieder in dieses Haus, in diese Zimmer. Ein Teil von ihm, vielleicht. Der Rest zerfällt. Seine Trümmer auf der Schwelle. Ich kann sie nicht zusammenhalten. Es reicht nicht, das zu denken. Die Türklinke fester zu fassen reicht nicht.

Sie sollen aber mit hinein. Alle Stücke dieser Trümmer. Zumindest hinein sollen sie. Da kann ich sie aufreihen, am besten in der Küche. Das zumindest will ich, sie ansehen, hier in diesem Haus. Sie gehören mir, wie dieses Haus. Sie gehören mir sogar mehr. Nur wie kommen sie hinein. Wie? Die Haustür aus den Angeln heben. Aber das geht nicht. Zum einen kann ich das nicht allein, und zum anderen – es geht nicht. Die Tür hält das Haus verschlossen. Das alles hält sie verschlossen. Ich müsste zu viel erklären. Sogar ihr. Nein. Ihr vielleicht nicht. Sie weiss davon. Sie kennt einen Teil von dem hier. Auch von den Trümmern weiss sie. Sie könnte die Trümmer hineintragen. Ich müsste sie nur bitten.

Jetzt bleiben sie draussen. Hier sind nur wir. Die Pumas, das grüne Rauschen, der Blick des Offiziers, das feuchte Kellertier im Dunkeln.

Ins erste Zimmer unten rechts. Diesmal stehen die Pumas vor der Tür, auch sie schauen hinein. Den Blick des Offiziers auf mir bannen sie nicht. Es ist wie immer. Aber die Pumas, sie bleiben da. Ich höre ihr Schnaufen. Schneller als meins, als seins. Ich weiss, wo sie sind.

Im oberen Stock, das Zimmer mit dem Holz zuerst. Das grüne Rauschen, da, wo ich schlafen kann. Der Tisch vor dem Bücherregal muss näher heran. Er ist schwer. Wenn, dann stosse ich gegen den Tisch und stürze nicht mit der Tür zu Boden. Es geht. Ich kann die Tür hochheben, aus den Angeln. Sie lehnt an der Wand. Da kann sie bleiben. Im Türrahmen bleibe ich stehen. Dahinein muss ich nicht. Das kann herauskommen, rauschen, riechen. Grün und tief. Das war immer gleich, die Bäume, der Wind darin, der Boden, ganz anders hart als in der Zelle, durchwachsen. Immer gleich, nass manchmal und kalt, aber gleich, gleichgültig. Es störte nicht, dass wir hindurchgetrieben wurden, die pumpenden

Lungen, die Waffen, diese Körper störten nicht. Da konnte man verschwinden. Da konnte man denken, während des Marsches, der Hetze, an die Zellen und auch an die Körper. Es geschah nichts. Wir geschahen. Und das Rauschen. Immer Rauschen. Das gab es. Wie den Garten, den schönsten Garten hier. Ihn gibt es auch.

Danach nach unten, die Küchentür. Schwerer diesmal, aber ich stürze nicht. Der Flur wird heller. Das Licht, es kommt heraus. Die Stubentür lasse ich noch. Sie ist angelehnt. Die Pumas sind dahinter.

Ich drehe mich um, das Zimmer gegenüber der Küche ist verschlossen. Dahinter sein Blick, die erste Angst, die zweite Angst. Vielleicht verfliegt das ohne die Tür. Wie ein Geruch. Vielleicht verdünnt es sich immer mehr und wird unkenntlich.

Diese ist leichter als die Küchentür. Trotzdem bin ich ausser Atem, als sie an der Wand lehnt. Ich schaue hinein. Da ist der Puls. Der Atem wird nicht ruhiger. Die Pumas kommen aus der Stube, stellen sich hinter mich. Wir stehen vor dem Zimmer. Ich denke an ihn, den Blick. Jetzt kann er sich nicht mehr verstecken, im Schatten am anderen Ende des Flurs mit den Zellen, oben an der Treppe, hinter einer angelehnten Tür. Jetzt muss er vor mir stehen, wenn er schauen will. Der Puls wird stärker. Langsamer. Auch der Atem.

Die Pumas stellen sich neben mich. Ich mache Platz. Als ich über den Flur gehe, stehen sie in der Tür. Auch ihre Tür hebe ich jetzt aus den Angeln, sie hindern mich nicht. Ich gebe sie ihnen, lehne sie drin in der Stube an ihren Ofen.

Wieder nach oben. Die Pumas folgen, zwei Schritte nur. An der Treppe bleiben sie stehen. Ich muss allein da hoch, zum zweiten Zimmer. Das Geländer ist glatt und kühl. Da kann ich ausruhen. Vor mir die verschlossene Tür. Dahinter all das. Was auch war, aber nicht vergangen ist, sondern wiederkommt und nicht gehorcht. Hier beschützt mich niemand. Sie kommen nicht. Sie stehen unten, Grollen in der Kehle.

Verschlossene Tür. Ich drehe den Schlüssel. Stosse sie auf. Und. Es bricht. Hält nicht. Der Rest.

Im dunklen Zimmer

Was aus meinem Mund kommt. Wie ich krieche. Wie es stinkt da drin. Wie ich mich fürchte. Hechle.

Es quillt aus meinen Löchern. Klebt an mir. Legt sich hinter mich.

Unten wabert es. Feucht. Tief. Und stürzt.

Die Tür ist offen.

Das. Hier. Ist auch ein Garten. Schau. Die Türen. Sie halten nichts mehr.

Da drin ist die Mitte. Leer, immer. Tief.

Ich kann bis hundert zählen. Eine Brücke. Oder bis achthundert.

Der Rest in Trümmern. Sie liegen herum, verlorene Stücke. Wörter.

Das. Hier. Komm vorbei, dann siehst du es. Auch den Garten.

Dieser hier ganz ohne Blumen. Hier sind Wörter drin. Komm. Sie zerbrechen. Sie sind dreieckig, die Kanten scharf. Solange sie zusammengefügt stehen, ist es gut. Jetzt sind sie gefährlich.

Sie leuchten im Dunkeln. Sie kommen von unten.

Sophia

Hinter der hölzernen Tür
Es bewegt sich etwas. Oben links, ganz weit hinten. Schwarze Gestalten. Sie fliegen. Sie bleiben immer am gleichen Ort, werden aber langsam grösser. Sie kommen näher. Vögel, grosse schwarze Vögel. Sie fliegen ganz ruhig. Jetzt lassen sie sich auf den Felsbrocken nieder, schütteln die Flügel. Sie schauen sich um. Schauen sie zu mir? Ich muss näher hin. Die Vögel stehen fast ganz ruhig. Alles an ihnen ist schwarz. Ich glaube, sie warten.

Sie bewegen sich nicht. Auch sonst bewegt sich nichts in der Landschaft. Also bin auch ich ganz still. Das ist sicher am besten. Aber wie lange? Vielleicht muss ich etwas tun. Ich warte noch eine Weile, dann gehe ich ganz zur Scheibe hinunter. Ich muss sie ja noch nicht berühren, die Scheibe.

Jetzt recken zwei der Vögel die Köpfe. Sie schauen auf die Landschaft, in die Ferne, drehen sich dann abrupt um und hüpfen Richtung Scheibe, zu mir. Sie kommen bis auf einen Steinwurf zur Scheibe her, dann stehen sie wieder still. Beide Vögel schauen mich an. Nichts Weisses ist in ihren Augen. Sie sind ganz schwarz. Mein Puls geht schneller, ich spüre meinen Atem, auch er geht schnell. Wir stehen eine Weile da und sehen einander an, die Vögel und ich. Jetzt senken sie die Köpfe. Fast so, als ob sie etwas aufpicken wollten, aber da ist nichts. Dann stossen sie sich ab. Es kostet sie Kraft, die Anstrengung ist sichtbar, sie haben ein Gewicht, einen Körper, der etwas wiegt und fallen würde, könnten sie nicht fliegen. Sie erheben sich in die Luft, nicht schwerelos, federleicht, sondern entschieden und sich bei jedem Flügelschlag etwas krümmend.

Sie fliegen zurück zu den anderen, fliegen über sie hinweg. Auch die anderen Vögel fliegen auf. Der Schwarm fliegt wieder weg, so wie er gekommen ist. Schwarze Flecke, schliesslich Punkte, die klein werden und verschwinden. Der hellgraue Himmel ist wieder leer. Es flimmert in den Augen.

Ich bin sicher, ich muss dahinein, in diese Landschaft. Da drin ist etwas. Etwas, was mich zur nächsten Tür führt. Vielleicht ist die nächste Tür in dieser Landschaft, oder aber die Landschaft selbst ist die Tür. Die Türen sehen nicht immer aus wie Türen. Das weiss ich. Nur, wie komme ich durch diese Scheibe? Vielleicht kann ich sie einfach aufschieben oder eindrücken. Sie fühlt sich kühl an.

Vera und Kálmán

In der mittleren Gasse
Ich stehe am Küchenfenster, eine frische Tasse Kaffee in der Hand. Ich verbrenne mir die Zunge, stelle die Tasse auf den Tisch. Da stehen auch die Bücher, zumindest diejenigen, die hier oben im Haus zu finden waren. Es ist eine seltsame Auswahl, es gäbe noch viel mehr, womöglich geeignetere. Aber ich brauche nur einige Beispiele, einige Geschichten, einige Landschaften und die Figuren, die sie beherbergen. Es sind verschiedene Schauplätze, einige ähneln sich, andere sind ganz anders. Eine Hochebene, ein Dorf im Tal, eine Wohnung in einem Dorf, eine Stadt, Züge, ein Bahnhof. Das reicht für den Artikel.

Unten im Tal ist der Hauptort, das Dorf, in dem ich aufgewachsen bin. Da habe ich kürzlich eine Schulfreundin getroffen, ich wollte nichts, nur ein wenig durchs Dorf gehen. Der alte Schulweg, der Kiosk, der Weg zum Friedhof, die Bäckerei und die Papeterie. Ich wollte nirgends hinein, nur schauen, ob alles noch da ist, an seinem Platz, schauen, was dazugekommen ist und was es nicht mehr gibt. Ich dachte erst, ich könnte Mutter besuchen, sie wohnt noch da. Sie hätte sich sicher gefreut. Aber ich bin dann doch Richtung Dorfmitte gegangen und nicht hinunter zum Wohnblock, wo Mutter ein kleines Appartement hat. Es ist kein besonders schönes Dorf, es hat kein einheitliches Ortsbild, mit diesen schönen, ruhigen Häusern, gross, ernst und lieb, mit Spitzdach, so ganz von hier, mit ein paar wenigen kleinen Hotels und Restaurants. Hier gibt es Bauten aus jedem Jahrzehnt dieses Jahrhunderts und des vorigen, Industrie und seltsame Ansammlungen von Läden in Einkaufszentren. Keine Idylle. Aber das ist wahrscheinlich Ansichtssache. Mir gefällt es hier.

Die Schulfreundin sprach mich an, fragend, obschon sie mich sicher auf Anhieb erkannte. Ich sehe immer noch aus wie früher, zumindest mehr oder weniger. Wie es mir gehe, ob ich länger hier sei, was ich jetzt machte und wo. Und sonst, wie es mir gehe. Wir setzten uns in ein Café und erzählten. Sie hat zwei Kinder, ich habe keine, sie hat sich mit ihrem Mann ein Haus gekauft, ein neues, am oberen Dorfrand, im Winter kann sie mit den Skiern bis vor die Haustür fahren. Auch ich habe ein Haus, kein neues, und es gehört mir nicht allein. Sie fragte nach Sophia, und ich erzählte ein bisschen. Dabei blieb ich an der Oberfläche, ich erzählte von Sophias letzter Krise und der Einlieferung in die Psychiatrie, ich machte Orts- und Zeitangaben, mehr nicht. Die Freundin meinte, dass es so wahrscheinlich am besten sei, auch für mich als Schwester. Ich hätte antworten können vielleicht, ich weiss es nicht, wie kann ich das wissen? Stattdessen sagte ich ja. Dann fragte sie nach meinem Liebesleben, und was macht die Liebe so, worauf ich antwortete, dass da nicht viel sei im Moment, dass ich das aber nicht schlimm fände, da ich im Moment gerade viel zu tun hätte und mich das nur ablenken würde. Gleichzeitig dachte ich, was rede ich denn da. Von ihm erzählte ich nicht. Aber ich stockte kurz in Gedanken, als er mir in den Sinn kam. Sie bemerkte das nicht, all die Dinge, die ich ausliess. Seltsame Begegnung, schön zwar, irgendwie, aber seltsam. Als ob wir beide auf einer Brücke stünden, zwischen Jetzt und Damals, und nur von dem sprechen dürften, was von hier aus sichtbar ist.

Mit ihm spreche ich fast nur über Unsichtbares, obwohl wir einander nach Sichtbarem fragen, von Sichtbarem erzählen. In Wirklichkeit geht es um das Unsichtbare. Es ist grösser. Ich freue mich auf ihn. Über ihn will ich nachdenken. Vielleicht erzähle ich ihm nachher von der Schulfreundin. Bevor er kommt, kann ich noch eine gute Stunde arbeiten. Kochen wollen wir dann zusammen, die Zutaten stehen auf der Anrichte, Lasagneblätter, Mangoldblätter, Passata, Zwiebeln, Wein, der Rest ist im Kühlschrank.

Am oberen Dorfrand
Als er nicht kommt, nach zwanzig Minuten nicht und auch nicht nach einer halben Stunde, gehe ich zu ihm. Am Brunnen vorbei, die steile Strasse hinauf. Oben angekommen, bin ich ausser Atem. Zweimal atme ich tief durch, bevor ich klopfe. Mein Atem wird nicht ruhiger, als er nicht öffnet, ich unsicher werde, mich zu erinnern versuche, wie lange es letztes Mal, die letzten Male dauerte, bis er die Tür öffnete. Ich klopfe noch einmal. Danach warte ich nicht lange, ich gehe hinein. Die Tür ist schwer, schwerer als meine. Links der Hocker und die Garderobe, daneben an der Wand lehnt die Küchentür. Auch die Tür gegenüber, die des ersten Zimmers, rechts, ist nicht in ihren Angeln, sondern lehnt neben dem Rahmen an der Wand. Die vordere Tür links zur Stube, auch sie ist weg. Im Flur ist es hell.

Er ist weder in der Küche noch im Zimmer gegenüber. Ich gehe weiter in den Flur hinein. Die Stubentür ist in der Stube, sie lehnt am Kachelofen. Auch da ist er nicht. Es ist ganz still. Ich gehe nach oben, jetzt höre ich die Stufen knarren, leise nur. Die Stufen sind unregelmässig hoch. Die Tür des Zimmers gegenüber der Treppe ist noch in ihren Angeln, sie ist offen, im Zimmer ist es dunkel, ein Geruch dringt heraus, auch er dunkel. Ich gehe vorbei, das Zimmer scheint leer.

Er sitzt im Zimmer neben der Treppe. Er lehnt an der Wand, sein Kopf ist gesenkt. Aber nicht das sehe ich als Erstes. Zuerst sehe ich seine Füsse. Sie fehlen. Seine Beine enden unterhalb der Knie, das rechte mitten in der Wade, das linke knapp unter dem Knie. Ganz genau sehe ich es nicht, seine Hosen überlappen die Stümpfe, die Öffnungen der Hosenbeine liegen leer auf den Dielen. Sein Hinken. Jetzt verstehe ich. Das, wonach ich fragen wollte. Die Hose ist nass. Er trägt ein T-Shirt, hellgrau, auch das ist feucht, es klebt an seiner Brust und an den Seiten. Am Kragen ist es verrutscht, ich sehe dunkle, rötlich braune Haut, ein Streifen, wie ein Band, nein, eine Kerbe zieht sich nahe am Hals über seine Schulter. Narben. Ich kauere mich nieder, ihm gegenüber. Ich betrachte die Narbe, die Haut ist dunkel da, glänzt, fest sieht sie aus und auch wie rohes Fleisch. Wie gehäutet. Ich sehe nicht weg. Ich will nicht wegsehen. Ich will es sehen. Ihn sehen. Er hebt leicht den Kopf, sein Blick aber bleibt gesenkt. Ich setze mich ganz auf den Boden. Jetzt höre ich ihn atmen, schwer, als ob er schliefe oder als ob er eben wieder zu Atem gekommen wäre. Ich warte. Wir warten.

»Sag mir, wenn ich etwas tun soll. Ich bin hier.«

Nach einer Weile sagt er: »Mach die Tür zu.«

Ich stehe auf, gehe aus dem Zimmer. Hier oben ist nur eine Tür offen, gegenüber der Treppe. Ich gehe hinein. Links neben der Tür liegt Erbrochenes. Ich gehe durchs Zimmer und öffne das Fenster und die Fensterläden. Erst jetzt sehe ich den Kreis. Mitten im Zimmer ist ein Kreis auf den Boden gezeichnet. Er ist fast perfekt, viele Male nachgezogen. Linien führen vom Kreis gegen seine Mitte, wie nach innen gerichtete Sonnenstrahlen. Sie sind unregelmässig lang, zittrig zum Teil, mit Wellen. Keine erreicht die Mitte. An der Wand liegen die Prothesen. Ich nehme sie, gehe um den Kreis herum und aus dem Zimmer. Ich schliesse die Tür. Die Prothesen lehne ich draussen an die Wand.

Ich gehe wieder zu ihm, setze mich, diesmal neben ihn. Nicht zu nah, ich möchte ihn nicht berühren, nicht aus Versehen. Wieder warten wir. Draussen beginnt es zu dämmern.

»Du bist gekommen.«
»Ja.«

Im grünen Zimmer
Jetzt sieht sie alles. Mich, die Türen. Die Trümmer. Das. Hier. Sie ist gekommen. Ich muss sie nicht mehr bitten. Die Tür ist zu. Die Öffnung.

Daneben die Bücher. Gegenüber die Treppe. Das Zimmer, wieder verschlossen.

»Es ist ein Garten. Das hier. Aber durcheinander.

Ich weiss nicht, wie. Wie ich die Ordnung zurückbringen kann –«

…

»*La müdada. La rumur dal flüm. Sco scha nüglia nu füss. Giacumbert Nau. Sin lautget.* Das sind die Bücher, die im Artikel vorkommen. Das sind die schönsten. Es gäbe so viele. So viele mehr. Es gelingt kaum, sie aneinanderzureihen.«

»Wie sehen sie aus?«

Sie beschreibt die Buchdeckel. Schwarz mit weisser Schrift, eine Feuerlilie in der Mitte, wie eine Kerze. Weiss-schwarz mit oranger Schrift, in der Mitte ein Gemälde, drei Bergspitzen im Abendlicht. Türkis mit gelb-rosa Schrift, eine Kinderzeichnung im unteren rechten Eck. Weiss mit schwarzer und roter Schrift, in der Mitte eine kleine flüchtige Skizze, die Greina-Hochebene. Rot mit lachsrosa Schrift, eine Zeichnung im unteren rechten Eck, ein Kopf im Profil und gleichzeitig von vorn, das eine Auge geschwärzt, Buch um Buch. Die Tür, nicht da, der Türrahmen, die Angeln.

»Könntest du in der Küche auf mich warten?«

Sie nickt. Sie steht auf. Sie ist ganz leicht. Da ist nur sie. Sie ist gekommen. Sie kennt meinen Namen.

Wenn ich tauschen könnte. Zumindest einen Teil davon. Nur will das keiner. Keiner will das sehen. Aber sie ist gekommen. Sie wartet in der Küche.

In der Küche
Ich finde Gläser in einem Schrank, fülle sie. Seine Küche ist schön, hell, Stein, Edelstahl und Kupfer. Durch die Küchenfenster sieht man den Berghang, der Talboden ist nicht sichtbar, so weit oben sind wir. Ich trinke mein Wasserglas aus und fülle es wieder. Die Küche ist sehr sauber. Da ist kein dreckiges Geschirr, keine Einkäufe, Zeitungen, Zettel. Alles ist verstaut. Er ist unsichtbar hier. Er kommt nicht, und wieder werde ich unruhig. Ich gehe in der Küche umher, setze mich an den Tisch. Der Himmel ist dunkel. Ganz hinten sind Bergspitzen, dunkler als der Himmel, sie sind schon jenseits der Landesgrenze, ich weiss nicht, wie sie heissen. Ich stehe wieder auf, gehe zur Tür, zum Türrahmen. Aber ich soll hier unten warten.

Schliesslich höre ich ihn die Treppe herunterkommen, und dann ist er im Türrahmen. Er hat sich umgezogen. Er sieht mich kurz an, dann schaut er auf den Tisch zu den Wassergläsern. Er holt eine Flasche aus dem Schrank unter der Anrichte und setzt sich. Whisky. Er schaut auf den Tisch.
»Danke.«

Wir trinken das Wasser, und er schenkt Whisky ein, trinkt. Ich schaue ihn an, ich kann nicht wegschauen. Sein Gesicht ist wie eingehüllt. Die Narbe schimmert. Wie das Gesicht eines dieser Götter, der tausend Schlachten kämpft, immer weiter, und nicht sterben kann, weil er ein Gott ist. Hinter ihm ist all das aufgetürmt, wie Fels. All das, was tost und dröhnt um ihn herum, in ihm. All das, was er einhüllt mit seinem gesenkten Blick, seinem leeren Schlucken, seinem Schulterzucken.

Was kann ich ihm sagen. Was kann ich einem solchen Menschen sagen? Es steht aufgetürmt im Türrahmen, in allen Türrahmen, in jedem Zimmer, gross und grau, steinern und wie ein Ozean.

»Kálmán«, das kann ich sagen. Da sieht er mich an.

Am Küchentisch
Sie sagt meinen Namen. Sie sieht mich an. Es ist alles da. Es ist nicht verschwunden, auch ohne Türen nicht. Sie ist da.

»Was ist in deinem Garten?«, fragt sie.

Dieser Garten. Wie kann ich ihn beschreiben? Es ist alles durcheinander.

»Einzelne Teile. Stücke. Von den Dingen, die geschehen sind. Sie bestehen aus Wörtern, aber nicht nur. Jetzt sind sie zerbrochen, zu noch kleineren Teilen. Dreieckig sind die Stücke, mit scharfen Kanten. Es lässt sich nicht mehr zusammenfügen. Ich weiss nicht, wie. Es zerbricht immer mehr, sobald ich es versuche. Aber es ist umzäunt. Das zumindest hält.«

»Das Haus?«

»Ja.«

»Hat sich etwas verändert ohne die Türen?«

Die Türen. Vielleicht wechseln die Dinge jetzt den Raum, fliessen hin und her wie ein Luftzug. Die Angst ist nicht grösser geworden, ohne Türen. Nicht einmal im Zimmer oben. Sie ist auch nicht kleiner geworden. Das ist wahrscheinlich gut.

»Es ist ein bisschen heller.«

Sie wartet, dann lächelt sie.

Sie trinkt einen Schluck. Dann kann ich auch. Ich trinke aus. Das ist warm, es strömt nach unten und nach oben. Auch das ist, als ob etwas heller würde. Oder einen gleichmässigeren Ton annähme.

Auf dem Tisch sind immer noch die Linien, unsichtbar. Der Garten, mit dem Finger gezeichnet. Der schönste Garten hier, mit der Feuerlilie, und auch dieser hier, mit den zerbrochenen Wörtern, die Wege, der Flur, die Beete, der Zaun, die Mauern und Zimmer. Keine Türen mehr. Wie in einem richtigen Garten. Vielleicht ist es so leichter, den Überblick zu bekommen. Und zu behalten.

Die Gläser sind jetzt leer. Aber vielleicht hat sie Hunger. Eigentlich wollten wir essen. Ich weiss nicht. Sie schiebt mir ihr Glas hin, und ich frage sie: »Hast du Hunger?«

»Ein bisschen. Aber zuerst will ich noch einen trinken.«

Gut. Das geht.

Dann fragt sie: »Wo hast du Putzzeug?«

Ich bin nicht sicher, was sie meint. »In der Kammer unter der Treppe.«

Sie nickt, trinkt. Dann fragt sie: »Es ist alles unsichtbar, nicht? Vielleicht ist es deshalb schwierig, Ordnung hineinzubringen.«

Ja. Ob sie die Linien sieht auf dem Tisch? »Und weil die einzelnen Teile machen, was sie wollen. – Aber vielleicht wird es anders jetzt. Ich sehe sie jetzt, ohne Türen.«

So kann ich es erklären. Sie schaut auf den Tisch. Ich sehe die Linien da. Mit den Augen kann ich sie abgehen, unsichtbar, die Gläser stören nicht. Auch nicht ihre Hand und ihr Unterarm auf dem Tisch. Die Mitte, dunkel und tief, ein Schlund, und alle Wege, die hineinführen. Auch das sehe ich. Diese Linien sind sichtbar, oben auf dem Fussboden. Ich habe sie gezeichnet. Es sind bloss Linien. Ich kann sie sehen.

Sie nimmt ihr halbvolles Glas und steht auf. »Gehen wir nachher zu mir und kochen?«

Ja, das ist gut. Ich nicke. Sie geht hinaus, über den Flur. Ich höre sie. Nach einer Weile geht sie nach oben. Das Putzzeug. Sie putzt. Das muss sie nicht. Sie putzt. Im Zimmer.

Vera

Zurück in die Stadt
Der Zug ist leer. Es ist früh, vielleicht deshalb, ausserdem ist Sonntag, wer nimmt schon den ersten Zug an einem Sonntag. Wir haben Wein getrunken, gestern Abend. Seitdem ich ihn in diesem Zimmer fand, haben wir uns oft gesehen. Nur kurz manchmal, zum Kaffee, aber auch zum Essen, im Laden, auf dem Weg zum Wald. Ich habe ihm von meiner Schulfreundin erzählt, von der Schulzeit. Ich habe versucht, ihm einige der Bücher zusammenzufassen, die ich in meinem Artikel behandle. Und auch von Sophia und den Türen, dass ihr niemals in den Sinn kommen würde, Türen aus den Angeln zu heben. Im Winter stand sie manchmal an der Wohnungstür, machte sie auf und zu, ununterbrochen, nicht laut, unterschiedlich fest, aber niemals laut. Wenn Mama fragte oder Papa es langsam müde wurde, sagte sie, die Geister müssten nach Hause finden, dass der Luftzug helfe und das Geräusch sie anlocke.

Die Dörfer draussen sind noch still, die Sonne scheint noch nicht bis hierher. Ich kenne sie alle, die Bahnhöfe, Mehrfamilienhäuser, Böschungen, die grossen Tannen, Pferdepferche. Einige Neubauten sehe ich zum ersten Mal, auch neue Abzweigungen, Verkehrskreisel, aber auch sie kommen mir vertraut vor. Nur diesen Ort kenne ich, nur dieses Tal. Mein Waggon ist immer noch leer, bis auf mich.

Ich will Sophia besuchen, auch davon haben wir gesprochen. Seitdem sie wieder in Behandlung ist, meldet sie sich nicht mehr bei mir. Vorher schrieb sie ab und zu, SMS oder WhatsApp-Nachrichten, sie schrieb nicht, wie es ihr gehe, aber dass die Pappeln in ihrer Strasse die Blätter verloren hätten, dass seit einer Woche ein oranges Kinderfahrrad neben den Müllcontainern stehe. So hielt sie mich auf dem Laufenden. Meine Antworten waren spärlich und karg, »ja«, »o. k.« oder »seltsam«, doch sie schienen zu genügen. Meistens konnte ich nicht viel mit dem anfangen, was sie schrieb, aber dass sie schrieb, war wichtig. Wenn ihre Nachrichten zu lange ausblieben, fehlten sie mir, und ich fragte nach. Wir telefonierten regelmässig, selten zwar, dafür jeweils lange. Da sprach sie ganz anders, als sie schrieb, wir rückten ganz nah, sobald die Stimme der anderen da war. Kaum war sie rangegangen, oder ich, war alles so wie immer, wie früher. Als ob wir nie aufgehört hätten, miteinander zu sprechen oder am selben Ort zu leben. Sie wusste, was ich wusste, und das, worüber wir unsicher waren, erfragten wir. Wir suchten so lange nach der richtigen Frage, bis es war, als wüssten wir auch die Antwort.

Einmal wusste sie nicht, was sie fühlte, als eine Beziehung zu Ende ging. Ich begann zu fragen. Wie lange hat es sich richtig angefühlt, von ihm getrennt zu sein, sich nicht zu melden, obwohl du ihn noch magst? Fühlt es sich nachts genauso an, und abends, wenn es dämmert? Wohin schaust du, wenn du an ihn denkst, wobei hältst du inne? Wann beginnst du zu weinen, dann, wenn du den Teller, das Handtuch, die Haarbürste noch in der Hand hältst, oder erst wenn du sie hinlegst?

Und einmal, als ich viel zu tun hatte bei der Arbeit, zu viel zu tun, da begann sie zu fragen: Woran denkst du, wenn du einschläfst? Woran genau? Welcher Gedanke löst welchen ab, denkst du zuerst an alles, was du noch machen musst, den ganzen Artikel, alle Bücher, die Recherchen, die Übersetzungen, oder denkst du zuerst an die eine E-Mail, die du beantworten willst? Formulierst du innerlich, was du schreiben solltest? Kommst du bis zum Schluss, freundliche Grüsse und vielen Dank, oder denkst du davor schon wieder an etwas anderes? Wann fragst du, wozu das alles gut sein soll, vor dem Einschlafen oder schon dazwischen, mit dem ersten Traumbild, ob du vielleicht nicht etwas ganz anderes machen könntest, schreiben könntest, ob du fortziehen solltest, dahin, wo keine Türen sind, nur ein weites, leeres Land?

Immer weiter fragten wir, manchmal brauchten wir eine halbe Minute, bis wir die nächste Frage wussten, dann war es still, die eine wartete, bis die andere die Frage gefunden hatte, wir unterbrachen einander nicht oder versuchten zumindest, es nicht zu tun, versuchten, die andere fragen zu lassen, bis sie fertig war. Wir wussten, dass wir so am schnellsten vorankamen.

Als Kinder haben wir auf diese Weise oft verlorene Sachen wiedergefunden. Wie war der Himmel, als du gemerkt hast, dass du die Mütze nicht mehr hast? War es windig, schien die Sonne? Hattest du das Bonbon da noch immer im Mund, oder war es schon aufgelutscht? Hattest du die Hände in den Jackentaschen? Was war in den Taschen? Als ob wir die Szenen nachstellen müssten. Die Umgebung noch einmal heraufbeschwören müssten, alles davon, um dem dahinter auf den Grund zu kommen.

Im Tunnel schliesse ich die Augen, da gibt es nichts zu sehen, nur die Spiegelung des Waggons. Als ich herkam, habe ich ihn im Zugfenster betrachtet. Sein Gesicht mit der Narbe, seinen Blick. Erst als wir in den Tunnel fuhren, schloss er die Augen. Dann ist er eingeschlafen.

Die Fragen. Das war das Gegenteil von Sophias Schweigen. Es gab beides. Als sie eingeliefert wurde und eine Weile nichts sagte, fragte ich auch. Sie gab keine Antwort, weder auf meine Fragen noch auf die der Ärzte und Pfleger. Sie nickte zwar oder schüttelte den Kopf, sie verständigte sich, das schon, aber sie erzählte nichts. Sie war ruhig, sie wirkte nicht angespannt oder ängstlich, sie wirkte so, als ob das alles seine Richtigkeit hätte. Ich fragte trotzdem, leise nur und eher für mich. Hast du wieder Türen gesucht? Hast du eine gefunden? Gab es einen Geist, der seine Schwelle suchte? War die Tür offen? Wie sah sie aus? Manchmal sah sie mich an, als ob sie zuhörte und überlegte. Wie spät war es, als du die Tür gefunden hast? War es schon dunkel? Findet man die Türen eher nachts?

Ich weiss nicht viel darüber. Sophia erklärte einmal, es gebe besondere Türen, sie nannte sie manchmal Hintertüren, meinte aber, diese Bezeichnung sei nicht ganz richtig, sie meine nicht Hinterausgänge. Ich denke, ich weiss, was sie meinte. So etwas wie doppelte Türen, die das Gebäude öffnen und dann noch etwas anderes, ihren Raum dahinter.

Wie bei ihm. Das will ich ihr erzählen.

In der Klinik
Sophia steht am Fenster im Aufenthaltsraum neben der Cafeteria. Der Raum ist gross und luftig. Die ganze Seite zum Park hin ist verglast, die Fenster sind hoch, die Rahmen hellbraun, rötlich, es ist angenehm da, man kann sich gegenübersitzen oder nebeneinandersitzen in gemütlichen Sesseln. Meistens ist Sophia in ihrem Zimmer, jetzt aber ist sie da, am Fenster. Eine Angestellte sagte mir, sie sei in letzter Zeit oft hier und schaue in den Park hinaus.

Ich gehe zu ihr ans Fenster, grüsse sie, »hallo«, sage ich, »ich will dir was erzählen«.

Sie sieht kurz zu mir. Dann setzt sie sich auf den nächsten Sessel, schaut wieder zum Fenster hinaus. Ich erzähle von ihm. Ich erzähle von Anfang an. Und ich erzähle von seinen Türen.

»Er sagt, sie gehören ihm nicht, die Türen, sie hätten ihm nie gehört, immer hätten sie jemand anderem gehört. Deshalb weiss er auch jetzt nicht, was er mit den Türen machen soll. Früher, als Gefangener, durfte er sie nicht schliessen, wenn sie angelehnt waren, oder öffnen, um draussen alles zu sehen. Und davor waren die Türen immer verschlossen. Da waren es nicht Türen, so wie die Türen jetzt in seinem Haus, da waren es Zellentüren, Schiebetüren aus Metallstäben, Gittertüren. Da gab es nichts, was er tun konnte. Damals berührte er die Türen wenn möglich überhaupt nicht. Aber eben, auch später gehörten sie ihm nicht. Er konnte sie nicht berühren, auch wenn er gedurft hätte. Er wusste nicht, was dann passiert wäre. Draussen war immer einer, ein Offizier, er hat reingeschaut. Auch zu den Zellentüren hatte er reingeschaut, in seinen Käfig. Von einer Treppe aus, einem Flur oder vielleicht durch eine Kamera. Ich bin nicht sicher, ich glaube, er ist es auch nicht. Er sagt nur, der Offizier habe immer zugeschaut, sonst habe er nichts getan. Was sonst war, weiss ich nicht. Das muss gross und dunkel sein, dieses Sonst. Das, wovon er die Narben hat und was in ihm drin ist, das, was er in dieses eine Zimmer gesperrt hat. Das, was wirklich geschehen ist. Wobei angeschaut werden ja auch etwas ist, was wirklich geschieht. Aber ich wollte dir von den Türen erzählen. Seine Türen, sie gehören jetzt ihm. Das Haus gehört ihm. Der Offizier hat es ihm geschenkt, vererbt. Trotzdem, er sagt, er wisse nicht, was er damit tun kann, ob er sie wirklich öffnen kann, wie er will, schliessen kann, abschliessen mit dem Schlüssel. Deshalb hat er sie aus den Angeln gehoben. Jetzt lehnen sie neben den Türrahmen an den Wänden oder liegen in den Räumen.«

Sophia sieht mich an. Sie überlegt. Draussen verschwindet der Weg zwischen den Büschen. Der Park ist gross, irgendwo ist auch ein Teich.

»Alle Türen?«, fragt sie.

»Nein, eine nicht. Das Zimmer oben, das immer verschlossen war. Da war er drin, neulich. Wir hatten uns verabredet zum Kochen und Abendessen. Er kam nicht, da bin ich zu ihm gegangen. Ich habe die Türen gesehen, die leeren Rahmen. Oben war eine Tür noch im Rahmen, das Zimmer war offen. Er sass im Zimmer schräg gegenüber. In dem Zimmer mit der Tür war ein Kreis auf den Boden gezeichnet. Ein Kreis mit Strichen, die nach innen gehen. Wie Strahlen, aber unregelmässig und manchmal ein bisschen verwackelt. Mitten im Zimmer. Er hat auch erbrochen, nicht beim Kreis, nah an der Wand. Das habe ich später aufgeputzt.« Vom Urin auf dem Boden erzähle ich nicht.

Ich sehe Sophia an, sie schaut wieder in den Park hinaus. »Jetzt ist die Tür zu diesem Zimmer wieder zu.«

Sophia steht auf, bleibt wieder nah an der Scheibe stehen. Ich bleibe sitzen. Ihre Haare sind halblang, lose zusammengebunden. Früher hatte sie längere Haare. Sie waren immer länger als meine. Als Kind habe ich mir gewünscht, meine Haare würden so lang wie ihre. Sie legt die Hände an die Scheibe.

»Ist das auch eine Tür. Der Kreis.«

Ich bin nicht sicher, ob sie eine Antwort möchte. Ich weiss es nicht, ich habe ihn nicht gefragt, habe nicht gewagt, ihn irgendwas zu fragen. Auch jetzt wage ich es nicht. Wage nicht, Sophia zu fragen, wie es ihr geht, hier, in dieser Klinik, wie die Therapien sind, was sie da macht, was sie sonst macht, wenn sie keine Therapien hat, oder Behandlungen. Worüber sie nachdenkt. Seltsam, so viele Fragen, warum stelle ich sie nicht? Ich erzähle auch nicht von mir. Was soll ich sagen, sie weiss, was ich arbeite. Woran ich im Moment gerade schreibe, interessiert sie wahrscheinlich nicht. Sie liest andere Bücher. Ob sie jetzt etwas liest? Auch das frage ich sie nicht, stattdessen sage ich ihr, wie lange ich in der Stadt bleibe und dass ich sie noch einmal besuche, bevor ich wieder ins Dorf hinauffahre. Sie sagt nichts dazu, steht bewegungslos am Fenster. Sie nimmt wieder Medikamente, damit kann sie sich besser konzentrieren, aber sie ist auch müde.

»Kannst du ihn fragen?«

»Ja.« Ich nicke, obwohl ich nicht sicher bin.

Zuhause

Ich schliesse die Wohnung auf und bleibe in der Tür stehen. Es dämmert schon, das Licht in der Küche ist blaugrau. In dieser Wohnung gibt es nur zwei Türen, eine zum Bad und eine zum Schlafzimmer. Ich wäre jetzt lieber oben im Dorf, in unserem Haus. Ich würde gern mit ihm am Tisch sitzen, vielleicht etwas essen und Wein trinken. Aber das hier darf mir nicht lästig sein. Das Treffen mit dem Verleger des Magazins, die Bücher, die ich mitnehmen will, vielleicht schon, aber das gehört zu meiner Arbeit, ich mache sie ja gern. Dann Sophia, mit der Ärztin sprechen, obwohl es nichts Neues gibt, obwohl alles so weit in Ordnung ist, kurz auch mit einer Therapeutin sprechen, ja, sie mache mit, sei immer pünktlich, nur spreche sie kaum, aber es scheine ihr gutzugehen. Das darf nicht lästig sein. Sie ist meine Schwester. Mutter wohnt im Dorf unten im Tal, das ist zu weit weg. Allein fährt sie nicht in die Stadt, um Sophia zu besuchen. Das ist ihr inzwischen zu beschwerlich. Sophia ist die Familie, die noch übrig ist, sie und Mutter, ich bin die ihre. Wir stehen uns nah, so sagt man doch.

Ich lüfte, sehe mich um, sonst gibt es nichts zu tun, keine Pflanzen zu giessen, keine wichtige Post zu öffnen. Ich setze mich an den Küchentisch, klappe den Laptop auf. Aber heute will ich nicht mehr arbeiten. Ich könnte einen Film anschauen, etwas lesen. Ich gehe ins Schlafzimmer, ziehe das Bett ab und beziehe es neu. Dann ist auch das gemacht. Ich ziehe mir wieder Jacke und Schuhe an und gehe hinaus. Hier ist es nicht viel wärmer als oben im Dorf. Ich gehe meine Strasse entlang, biege am Ende rechts ab und gehe Richtung Innenstadt. Ich schaue die Türen an. Wo Sophia wohl ihre Tür gefunden hat? Wahrscheinlich nicht in der Innenstadt. Also kehre ich um, nehme eine andere Strasse. Warum habe ich nicht gefragt, was ich wissen wollte? Warum habe ich nicht mit ihr gesprochen, ganz normal? Es ist schliesslich nicht das erste Mal, dass es ihr nicht gutgeht, nicht mal das erste Mal, dass sie in der Klinik ist. Was ist los? Ich vermisse sie. Sie könnte jetzt hier neben mir gehen und mir den Weg zur Tür zeigen. Auch wenn ich sie nicht sehen könnte, ich würde sie trotzdem gern sehen. Wir könnten einander Fragen stellen, wie früher. Wie fühlt es sich an, durch diese Tür zu gehen? Wie fühlt sich dein Bauch an, wie deine Hände? Ist dir kalt oder eher warm? Wie ist der Atem? Hast du Angst? Wir könnten irgendwo etwas trinken und eine Vogue rauchen.

Und ich vermisse ihn. Die Türen, die er aus den Angeln gehoben hat, waren Innentüren, keine Gebäudetüren. Hier sind fast nur Wohnblocks, die Türen sind unscheinbar, Metall, Glas, grau oder pastellgelb, pastellorange, sie gefallen mir nicht. Man sieht nicht, wie schwer sie sind. Die Angeln sehe ich nicht, die sind immer innen. Ob er seine Türen dalässt? Beim letzten Mal waren sie noch nicht wieder in den Angeln, alles war so wie an dem Abend, als ich ihn gefunden habe, oben, ohne Prothesen, verschwitzt. Vielleicht kriegt er sie nicht mehr in die Angeln ohne Hilfe, sie herauszuheben ist sicher einfacher, als sie wieder einzuhängen. Er hat sich fürs Putzen bedankt. Da hätte ich ihn nach dem Kreis fragen können, aber irgendwie ging es nicht, irgendwie habe ich mich ein bisschen geschämt, dass ich sein Erbrochenes aufgewischt habe, dass ich das gesehen habe. Trotzdem hätte ich ihn fragen können, er hat sich sicher mehr geschämt als ich. Er sah mich nicht an dabei, er sprach leise und sah auf den Boden vor meinen Füssen. Ich schaute dann auch dahin, versuchte, zu sehen, was er sah. Was würde er hier sehen? Worüber würden wir sprechen? Vielleicht über Sophia.

Ich kehre um und gehe langsam nach Hause. In mir drin gehe ich schneller, läuft es schneller, laufen müsste ich, aber das kann ich nicht, nicht so, ausdauernd, regelmässig, mit nur leicht erhöhtem Puls, den Gedanken freien Lauf lassend. Ich wäre gern eine Läuferin. Aus der Stadt über die Felder, durch die lichten Waldstücke, dann querfeldein einem dieser kleinen, geraden Bäche entlang – Drainagekanäle, heissen sie so? –, mir ginge die Puste aus.

Am nächsten Tag stehe ich wieder vor der Klinik. Alles ist erledigt, die Bücher geordnet und gepackt, mit dem Verleger alles so weit geklärt, auch im Institut, meinem eigentlichen Arbeitsplatz, gibt es nichts Weiteres zu tun. Ich habe Sophia gesagt, ich käme noch einmal vorbei. Ich könnte ihr die Fragen stellen, die ich gestern nicht gestellt habe, ich könnte ihr von mir erzählen.

Sie ist nicht im Aufenthaltsraum. Sie steht in ihrem Zimmer am Fenster, die Hände an der Scheibe. Sie regt sich nicht, als ich grüsse. Auch nicht beim zaghaften Versuch, zu fragen, etwas zu sagen.
»Ist das Zimmer o. k.?« Ich bin stehen geblieben, wieder sehe ich ihren Rücken, die lose zusammengebundenen Haare. Sie bewegt sich nicht, als ich mich leise verabschiede und wieder gehe.

In der mittleren Gasse
Ich komme am späten Nachmittag im Dorf an. Auch jetzt ist der Bahnsteig leer. Ich bleibe eine Weile stehen, schaue zum gegenüberliegenden Berghang. Die Luft ist angefüllt mit Tag, ist voll mit Geräuschen, ein Rauschen, Insekten, ein Auto, weit unten der Fluss, irgendwo eine Maschine, Stimmen. Hier oben ist es leichter. Im Institut wissen sie, dass ich hier bin. Niemand wartet auf mich, niemand will kurz was fragen, abends ein Bier trinken gehen, und Sophia – Sophia ist auch nicht hier, nicht zwan-

zig Minuten zu Fuss, nicht zehn mit dem Fahrrad entfernt. Er ist hier. Vielleicht wartet er auf mich. Aber wenn, dann anders, nicht so wie die Kollegen, die Freundinnen, wie Sophia. Obwohl, Sophia wartet wahrscheinlich auch nicht. Nicht auf mich jedenfalls. Sie ist woanders, wartet auf etwas anderes, will woandershin. Ich weiss es nicht. Erst jetzt, hier oben, bin ich ein wenig traurig deswegen. Langsam gehe ich zum Haus hinauf. Das Haus ist kühl.

In der Stube lege ich die Bücher auf den Tisch, ich ordne sie so, dass ich gleich mit der Arbeit beginnen könnte. Dann mache ich mir einen Kaffee. Am liebsten würde ich zu ihm gehen, jetzt gleich, mit ihm sprechen, anstatt mit Sophia, anstatt zu arbeiten, anstatt nachzudenken. Aber das geht nicht, so ist es nicht. Das mit ihm ist nichts, was anstelle von etwas steht. Es ist etwas anderes, es steht für sich. Es kommt hinzu. Trotzdem, ich will ihm von Sophia erzählen. Ich bin mir sicher, dass das hilft, mir, Sophia und mir, irgendwie bin ich mir sicher. Und ich will ihn fragen, ob der Kreis mit den Strahlen auch eine Tür ist.

Sophia

Hinter der hölzernen Tür
Nichts tut sich, die Scheibe ist kühl, sie scheint schwer und dick. Sie ist überall gleich, ich habe sie abgetastet, abgeklopft, überall. Ganz oben bin ich nicht hingekommen, aber da ist sie sicher auch gleich. Im linken unteren Eck des Raums ist eine Tür, dahinter wieder ein Gang. Er sieht gleich aus wie der, durch den ich hierhergekommen bin, fahles Weiss, nirgends ein Fenster, nichts, was ins Auge sticht. Weit vorn biegt er leicht nach rechts. Das ist nicht der richtige Weg, so komme ich nicht in die Landschaft hinein.

Ist das wirklich richtig hier? Bisher hat es sich so angefühlt. Aber jetzt? Es fühlt sich unbehaglich an. Vielleicht sollte ich mich noch mal ausruhen. Ich bleibe aber hier vorn, direkt bei der Scheibe. Falls sich etwas verändert, bin ich schon hier.

Vera hat mit mir gesprochen, neulich. Da war ich draussen, nicht hier drin, in diesem Gebäude. Es war in der Klinik. Vera hat immer die gleiche Stimme. Ein bisschen rau und tief. Sie hat von einem Haus gesprochen, nicht ihrem Haus, unserem, oben im Dorf, von einem anderen, von Zimmern, in denen

Erinnerungen wohnen. Von einem, der alle Türen aus den Angeln gehoben hat. Ob er die Erinnerungen befreien will? Ob er zu ihnen gelangen will? Das weiss ich nicht mehr genau, aber da war noch etwas anderes. Ein Zeichen, oder eine Zeichnung, auf dem Boden eines Zimmers. Vera weiss nicht, ob diese Zeichnung auch eine Tür ist. Das ist aber wichtig. Das müssen wir herausfinden. Vielleicht kann ich ihr helfen. Ich weiss nur nicht mehr genau, was sie alles gesagt hat, was sie tun will und warum.

Ich muss mich erinnern. Eigentlich fragen wir einander, wenn wir etwas nicht genau wissen. Der Mann ist ihr wichtig, aber das hat sie nicht gesagt. Sie sprach von ihm, als ob er sie beschäftigte, ihr Denken ausfüllte, und auch was sie fühlt. Vielleicht fragt sie ihn nach der Zeichnung, dem Zeichen, wahrscheinlich fragt sie ihn.

Hinter der gläsernen Tür
Der Boden ist hart und rau. Das war er vorhin nicht. Die Scheibe. Sie ist weg. Ich bin drin. Ich habe an den Kreis gedacht, dieses Zeichen, wie es wohl aussieht. Ein Kreis mit nach innen gerichteten Strahlen. Dabei bin ich wahrscheinlich eingeschlafen.

Die Landschaft ist gewachsen. Der Boden drängt in den Raum, ist da hineingewachsen. Steinbrocken liegen vor den Stufen. Auf der untersten wachsen

Grasbüschel. Seltsam. Ich glaube, ich habe lange geschlafen.

Ich muss da hineingehen, in diese Landschaft. Die Vögel sind dahin geflogen, nach links, mehr oder weniger.

Ich bin nicht sicher, ob die Richtung stimmt, die Landschaft wird weit, es gibt keine Landmarken. Die Felsbrocken helfen nicht, sie liegen manchmal einzeln, manchmal vier oder fünf zusammen, wie hingestreut.

Hier ist es wärmer, trocken. Ich müsste etwas trinken. Es ist anstrengender hier, das Gehen. Vorhin im Gebäude, in den Gängen, war es leichter, wie im Traum. Hier ist es wie draussen, es braucht Energie, Atem, Flüssigkeit. Ich muss langsamer gehen, die Beine wie von selbst vor- und zurückpendeln lassen, so geht es leichter. Steinbrocken gibt es hier keine mehr, nur harte hellbraune Erde, ab und zu Grasbüschel, auch sie hellbraun. Nichts spendet Schatten. Die Sonne ist nicht sichtbar, der ganze Himmel leuchtet, hellgrau, fast blau. Es blendet.

Die Vögel sind nicht da. Hoffentlich stimmt die Richtung. Da ist nichts, nur diese schwer definierbare Farbe. Nichts durchbricht sie. Auch hinter mir ist nichts mehr.

Ich muss weiter. Vielleicht komme ich irgendwo an. Vielleicht gibt es da Wasser. Ich weiss nicht. Weiss nicht, wohin ich soll. Wenn ich umkehre, verirre ich mich sicher. Aber gehe ich denn jetzt in die richtige Richtung? Am besten gehe ich einfach geradeaus weiter, so gut es geht. Die Fussballen und die Fersen sind ganz heiss, aber sie tun nicht weh, noch nicht. Nicht schneller gehen, immer gleich, einfach immer weiter.

Jetzt geht's wieder, ich kann da hineinschlüpfen, in dieses Gehen. Es ist ein Zustand, der Atem ist am richtigen Ort, die Beine pendeln vorwärts. So geht es, so kann ich noch eine gute Weile gehen.

Ich versuche, nicht mehr zu denken, es gelingt einige Schritte lang, dann denkt es wieder. Die Mundhöhle, die Zunge, die am Gaumen klebt, der Atem, das Gleichgewicht. Ist da ein Schatten am Horizont? Berge vielleicht? Ein Wald? Wo sind die Vögel? Wo sind sie hingeflogen? Wie lange gehe ich schon? Wie viele Schritte seit den letzten Steinbrocken? Etwa viermal hundert? Viermal zweihundert? Es bringt nichts, es verschwimmt. Es gibt keinen Anhaltspunkt. Das Denken hört wieder auf, setzt ein, wiederholt sich, ich muss etwas anderes denken. Denk an eine Tür. Denk an die Tür, wie sie aussieht, wohin sie führt. In der Stadt konnte ich mir vorstellen, wie die Tür aussieht, ich wusste, die Tür ist verbunden mit einer richtigen, einer herkömmlichen. Hier ist es anders. Eine Scheibe könnte die Tür sein, eine Ebene, ein Stein vielleicht.

Da sind die Vögel wieder, weit weg, hoch oben. Etwas links von der Richtung, die ich eingeschlagen habe. Jetzt kann ich den Vögeln folgen. Das ist leichter. Da sind auch keine Steine, ich stolpere nicht, muss nicht mehr zwischendurch nach unten schauen. Ich kann schneller gehen. Da ist ein Hügel, eine Erhebung am Horizont. Sie wird höher, es ist ein Felsen, langgezogen, sicher siebzig Meter lang, nach rechts ansteigend. An der höchsten Stelle ist er etwa so hoch wie ein vierstöckiges Haus. Die Vögel lassen sich am linken Ende nieder. Einige hocken auf Felsvorsprüngen, die anderen auf dem Boden. Die Vögel picken nicht, sie sehen umher, schauen einander an. Einige schauen mich an. Die Vögel sind ein bisschen unheimlich. Sie kommen zu mir. Sie hüpfen vor und zurück, immer weiter der Felswand entlang. Ich gehe mit.

Schon von weitem sehe ich sie, die Zeichnung auf dem Felsen. Ein Kreis mit nach innen gerichteten Strahlen. Der Durchmesser ist etwa so gross wie ich selbst. Die Strahlen sind manchmal etwas schief und zittrig. Die Mitte ist leer. Je näher wir der Zeichnung kommen, desto unruhiger werden die Vögel. Jetzt picken sie herum, flattern wieder den Felsen hoch, ein paar fliegen weg. Jetzt bin ich da, vor der Zeichnung. Ich bin zu müde, um zu überlegen, was zu tun ist. Ich versuch's einfach. Mit der ausgestreckten Hand zuerst. Ich berühre die Mitte des Kreises, der Fels weitet sich nach innen. Ich kann hinein. Dahinter ist ein grosser Raum. An einer Seite sind viele hohe Fenster. Es ist dunkel.

Du weisst, wo du bist, nicht wahr? Geh zu den Stühlen, ruh dich aus. Du bist wieder zurück, es ist nichts passiert. Warte, bis es dämmert. Am besten gehst du in dein Zimmer und packst deinen Rucksack. Es dauert nicht mehr lange. Nur noch eine kurze Weile, dann wird es noch heller, dann kommt die Köchin, und die Türen werden geöffnet.

Kálmán

In der mittleren Gasse
Es ist leichter jetzt. Nicht nur die Türen sind weg. Auch etwas anderes ist weg. Die Türen sind noch da, aber sie tun nichts mehr. Es ist leichter zu sprechen. Die Wörter, meine Stimme, sie sind näher. Sie bleiben. Sogar vor dieser Tür, ich kann sie denken. Die Tür ist zu. Das Holz glatt, dunkelbraun. Dunkler als meine Hände. Fest und hart. Nichts kommt heraus. Weiter nach unten, die Türklinke, auch sie dunkelbraun. Metall. Es ist kühl, das fährt in die Hand, in den Arm. Und noch etwas. Es ist noch drin. Hinter der Tür. Die Stücke mit den scharfen Kanten sind da drin zu Boden gesunken. Ich höre sie nicht. Die Pumas hören sie manchmal, dann knurren und kratzen sie. Ich höre die Pumas. Dann muss ich die Augen schliessen, sehe die Stücke auf dem Boden, scharfkantig, aber still. Sie gleiten nicht mehr. Auch so drückt es, aber stetiger, vorhersehbar. Wie Narben. Kein Reissen mehr, kein Hacken, kein Stechen. Es zieht und drückt. Manchmal in den Atem hinein, in den Blick. Aber es vergeht nach einer Weile. Wenn nicht, suche ich die Pumas, ihr Knurren. Schaue auf ihre Schwänze, hoch erhoben. Die schwarzen Spitzen zucken. Auch die Ohren.

Die Zeichnung auf dem Gesicht, von der Schnauze zu den Ohren, die Schnurrhaare hell, sie leuchten. Auch sie sind scharfe Kanten, aber zur Warnung. Das ist sicher. Der Rest ist im oberen Zimmer. Verschlossen. Das genügt für den Moment. Bloss an der Tür stehen. Davorstehen. Die Hände manchmal an der Tür.

Sie fragt, ob es besser werde. Ob es anders werde. Ob ich noch etwas verändern wolle. Ich weiss nicht. Es ist still. Auch dann, wenn es den Atem erreicht, sich verbindet, in die Haut hinein. Wie sollte es anders werden. Wie sollte es vergehen? Es verfliegt nicht. Auch ohne Türen nicht. Versiegt nicht. Heller wird es vielleicht und ruhig. Ein Teil schlüpft wieder in mich hinein und bleibt da. Still. Dehnt sich nicht aus. Nur manchmal im Traum. Das sage ich ihr. Das sage ich dem Therapeuten. Er meint, das sei gut, besser. Auch das sage ich ihr. Dass ich jetzt ab und zu wieder mit ihm spreche.

Sie nickt und fragt: »Und du? Ist es für dich auch gut?«

Ich weiss es nicht. Was kann ich sagen. Wie ist es denn? Ich weiss nicht immer, wie ich dazu gehöre. Zu alldem. Wie wichtig ich dabei bin. Was ich tun kann, um es besser zu machen oder zumindest gleich zu halten. Manchmal wird es jetzt ganz ruhig. Ich bewege mich nicht. Der Atem geht gerade hinaus und hinein, ohne dass es stockt. Der Blick verschwindet. Dann ist alles ruhig. Das ist gut. Ob ich das mache? Ob ich all das bin?

Wir sitzen an ihrem Küchentisch. Jetzt schweigt sie. Sie sieht mich an. Ich will etwas sagen, ihr das erklären. Oder ihren Namen sagen. Vera.

Aber ich sage etwas anderes: »Ich bin meistens ausserhalb, sie sind neben mir, diese Dinge. In den Zimmern. Es gibt Tiere, sie beschützen mich. Ich höre sie. Manchmal sehe ich sie. Das ist –«

Ob ich ihr von den Pumas erzählen kann? Sie ist nicht erstaunt. Sie hört zu. Ich beginne sie zu beschreiben, die Pumas, die Zeichnungen im Gesicht, das eine heller, gräulicher, das andere hellbraun, die gelben Fangzähne, die dunklen Schwanzspitzen, die starken Hälse, der eine mit dem brauneren Gesicht etwas grösser als der andere.

»Sind sie immer im Haus?«, fragt sie.

»Ja.«

Sie sieht zum Fenster hinaus, zur gegenüberliegenden Talseite. Ich sehe sie atmen.

»Gehen sie auch ins verschlossene Zimmer?«

»Nein, sie sind nur unten.« Auch ich bleibe unten, halte die Gedanken in der Mitte der Treppe auf. Nicht jetzt. Ich bin hier, mit ihr, in ihrer Küche. Draussen leuchtet der Berghang. Noch ist nicht Nacht.

Sie sieht mich an. »Sollen wir unten in der Beiz was essen?«

Mein Atem schabt noch am Rachen, im Mund. Sie steht auf. Ich nicke. Sie geht hinaus, ich höre die Badezimmertür. Die Dämmerung ist schon da, der Berghang leuchtet mitten hinein. Die Lunge füllt sich wieder ganz. Ich räume das Geschirr in die Abwaschmaschine, Tasse, Löffel, Tasse, Löffel, Wasserglas, Wasserglas. Es ist wieder still. Ich gehe hinaus und warte auf sie.

Am oberen Dorfrand
Im Traum krieche ich einen Hang hinunter. Hinten ist das Bett, es ist oben, ich krieche weg, hinunter. Es ist kalt, der Hang ist von Frost bedeckt. Steine und Glasmurmeln, sie rutschen, ich klemme mir die Finger ein. Ich will aufstehen, aber da sind nur die Stümpfe. Unten ist ein Dorf. Kinder rufen einander. Sie kommen mir entgegen, sie wollen mich nicht. Ich habe ein Messer, eine kurze, schmale Klinge. Ich komme hoch, auf die Knie. So bin ich gleich gross wie die Kinder. Ich bin nicht sicher, ob sie mich sehen. Ich schneide in ihre Gesichter, sobald sie nah genug sind. Es sind zu viele, fünf, acht Kinder. Sie sind über mir. Ich schneide ihnen in die Kehle. Ich schiebe sie weg, damit sie neben mich fallen.

Die zwei letzten bleiben stehen. Zwei Jungen, sie sind Brüder. »Wohin willst du?«, fragt der eine.

»Ich muss weiter«, sage ich.

Ich stehe jetzt aufrecht. Ich weiss nicht genau, wie, da ist Nebel bis zu den Knien. Die Brüder bluten aus den Wunden in den Kehlen, das Blut tropft in den Nebel.

»Brauchst du noch etwas?«, fragt der andere.

»Wisst ihr den Weg zur Grenze?«

Die Jungen nicken. Der eine setzt sich zu den toten Kindern.

Er sagt zu seinem Bruder: »Zeigst du's ihm?«

Der Bruder führt mich den Hang hinunter. Der Nebel ist jetzt dichter. Der Junge führt mich zum Fluss.

»Du musst dem Fluss folgen. Weiter unten sind Stromschnellen, danach wird der Fluss breiter und ruhiger. Da bist du schon über der Grenze.«

»Danke«, sage ich, »geh zurück zu den anderen.«

Der Junge gehorcht und geht weg.

Ich steige in den Fluss. Das Wasser ist kalt. Die Kälte schiesst in meine Füsse, die Beine hinauf, in den Bauch. Davon erwache ich. Ich liege auf dem Bauch, bei der Zimmertür. Die Hüfte tut weh und auch die Beine, die Knöchel, die Füsse. Die Stümpfe. Ich krieche ins Bett zurück.

Vera und Sophia

In der mittleren Gasse
Ich weiss seit ein paar Stunden, dass Sophia kommt. Das heisst, ich weiss, dass Sophia unterwegs ist, und ich nehme an, dass sie ins Dorf hochkommt. Als sie schliesslich vor der Tür steht, erschrecke ich doch ein wenig. Die Pflegerin klang nicht beunruhigt. Sie teilte mir lediglich mit, dass Sophia irgendwann in der Nacht oder am frühen Morgen die Klinik verlassen habe. Ihre Medikamente habe sie sehr wahrscheinlich dabei, in ihrem Zimmer seien sie nicht mehr. Später wolle die Ärztin dann noch mit mir sprechen.

Sophia findet es in Ordnung in der Klinik. Als wir darüber sprachen, dass sie wieder eine Weile in der Klinik bleiben sollte, war sie nicht niedergeschlagen. Auch nicht erleichtert. Der Ort, wo sie wohnte, schien nicht ausschlaggebend zu sein für das, was sie tat. Für den Weg, den sie ging, für das, was sie suchte.

Jetzt sieht sie mich kaum an. Wir wissen beide nicht, was sagen. Ich freue mich, Sophia zu sehen, trotzdem, sie hätte die Klinik informieren können, mich informieren können, dass sie geht. Dass sie hierherkommt.

»Ich bleibe nicht lange«, sagt sie schliesslich und: »Entschuldigung.«

Jetzt steht sie im Flur, die Schuhe hat sie ausgezogen, den Rucksack auch. Ich gehe in die Küche. Eine Weile bleibt Sophia noch im Flur stehen, dann kommt sie nach.

Ich giesse Wasser in die Kaffeemaschine, Sophia setzt sich an den Küchentisch. Ich sage ihr, dass die Ärztin noch anrufen wolle. Sophia nickt. »O. k.«

Ich stelle die Kaffeetassen auf den Tisch.

»Ich habe die Pillen dabei, keine Angst.« Sophia grinst.

Da muss auch ich lächeln. »Wenn du meinst. Dann kann ja nichts schiefgehen.«

Am nächsten Morgen sitzt Sophia schon am Küchentisch, als ich herunterkomme. Sie hat Tee gemacht und ein paar Dinge auf den Tisch gestellt, Brot, Butter, Marmelade, Orangensaft und Milch. Sie isst nichts. Am Abend davor hat sie von der Klinik erzählt, von einzelnen Therapien, Bewegungstherapie, Aktivierungstherapie. Von den Gesprächen erzählte sie nicht.

Als ich aus dem Bad komme, sitzt sie immer noch am Küchentisch. Sie hat den Kopf in eine Hand gestützt, völlig reglos. Ich will sie nicht stören. Also gehe ich noch mal in den oberen Stock, mache mein

Bett, ordne die Kleider etwas um. Ich öffne das Fenster, schaue eine Weile hinaus. Ich weiss nicht, wie lange ich warten soll. Vielleicht wartet Sophia auch auf mich.

Am Küchentisch
Hinter deiner Stirn flattern schwarze Flügel, nicht wahr? Ein Falter oder einer der grossen schwarzen Vögel von der Ebene. Das Geräusch ist leise und gross. Am besten, du bewegst dich nicht. Sieh nur auf den Tisch. Da sind die Linien, der Kreis, die nach innen gerichteten Strahlen. Das Flattern wird schneller. Etwas ist nicht gut, das weisst du. Etwas kann nicht so bleiben, du weisst nur noch nicht, was. Frag Vera danach.

Komm, es wird sich schon klären. Öffne das Marmeladenglas und die Butter, schneide euch ein paar Scheiben Brot, und beginn Kaffee zu machen.

Im Dorf
Wenn Sophia durch die Strassen geht, sind ihre Hände in den Manteltaschen. Das ist auch hier so, im Dorf, nicht nur in der Stadt, wenn sie ihre Türen sucht. Ihr Mantel ist dunkelgrün, weit und lang. Sie trägt ihn auch, wenn es eigentlich zu warm dafür ist. Wenn es kühl ist, zieht sie eine dicke Strickjacke darunter an. Sie hat mir einmal erzählt, sie hätte im-

mer etwas in den Manteltaschen, einen Stein, einen Fichtenzapfen oder eine Eichel. Sie mag es, etwas in der Hand zu halten, die Hände in den Taschen. Nur muss es etwas Gefundenes sein. Glücksbringer oder Handschmeichler, die als solche gedacht und gemacht wurden, mag sie nicht. Sie verärgern sie sogar. Sie versteht nicht, wieso diesen Dingen eine besondere Kraft innewohnen soll, gerade diesen Dingen.

Jetzt geht sie neben mir. Wir sind am Dorfrand angelangt. Vorhin habe ich ihr das letzte Haus an der rechten Strassenseite gezeigt: »Das ist sein Haus.«

Sie ist nicht langsamer geworden, hat nur kurz zum Haus geschaut. Sein Haus ist gross, die Fassade ist hellgrau, da sind keine Verzierungen. Die Haustür ist aus dunklem Holz, der runde Türbogen wirft einen Schatten auf den oberen Teil der Tür. Da an der Tür ist Sophias Blick kurz hängengeblieben. Die Tür ist zweigeteilt: Wenn der untere Teil von innen verriegelt ist, lässt sich der obere Teil öffnen, wie ein Fenster. In der Mitte des oberen Teils ist ein schlichter runder metallener Türklopfer.

Im Wald
Die Tür zu seinem Haus, es ist keine von den richtigen Türen, die weiterführen, in einen zweiten inne-

ren Raum. Trotzdem. Sie führt weit und tief in dieses Haus, du weisst es, nicht? Hinter deinem Blick regen sich die dunklen Flügel. Du siehst sie nicht, hörst sie nur, weich und gross.

Jetzt seid ihr im Wald über dem Dorf.

Nach dem ersten steilen Stück fragt Vera: »Du bist seinetwegen gekommen, nicht?«

Links neben dem Weg fällt der Hang nur kurz ab, danach wird der Waldboden flach und bildet eine kleine Ebene. Da stehen junge Lärchen, ein paar dunklere Föhren und hohes Farn. Da drin sitzen manchmal Rehe. Ihr müsst stehen bleiben und eine Weile schauen. Man sieht sie nicht sofort. Bleib stehen. Du bist doch auch deshalb gekommen. Such die kleine Ebene ab, schau bei den grossen bemoosten Steinen, die aus dem Farn ragen. Zwischen den jungen Bäumen im hohen Gras.

Du musst es ihr sagen. »Seine Türen. Etwas ist nicht gut.«

Siehst du sie? Die rotbraunen Ohren im Gras, halb hinter einer kleinen Fichte versteckt?

»Warst du noch einmal in diesem Zimmer?«

»Nein.«

Auch Vera schaut zu den jungen Bäumen. »Er sagt, er wisse nicht genau, was da drin sei. Er kenne nur die Hülle. Wenn er weitergeht oder drinbleibt, zerbrechen die Wörter. Er kann sie nicht zusammensetzen. Er kann es nicht denken oder sagen. Es bleibt da drin.«

Ihr Blick bleibt bei der jungen Fichte hängen, auch sie hat die rotbraunen Ohren gesehen. Manchmal bewegen sie sich leicht vor und zurück. Sie schaut eine Weile zu.

Dann sagt Vera: »Wir haben nicht mehr über die Zeichnung auf dem Boden gesprochen. Ich hab mich nicht getraut zu fragen.«

Es ist ruhig, als ihr weitergeht. Du fühlst es, nicht wahr? Da ist kein Geist aus einer Schwelle, links hinter dir. Da sind auch keine schwarzen Vögel. Nichts flattert hinter deinen Augenlidern.

In der Beiz
Wir gehen in die Beiz. Wie früher setzen wir uns an einen der kleinen Tische auf der Terrasse. Ich habe die Vogue-Zigaretten dabei, ich lege sie mit dem Feuerzeug auf den Tisch.

Der Wirt kommt, er begrüsst uns und lächelt. »Nehmt ihr Kaffee oder etwas Handfesteres, wie früher?«

»Handfest ist gut«, sagt Sophia, »Campari Orange.«

Sie sieht mich an, ich nicke. Wir sprechen über meinen Artikel, über die Bücher, die ich im Text behandle.

»Hast du damals all die Bücher gelesen?«, fragt Sophia.

»Nein – aber das weiss niemand.« Ich muss lachen.

»Viele habe ich erst jetzt gelesen. Und auch die anderen musste ich noch mal lesen. Ich war die Einzige in unserem Team, die etwas über die Orte, über die Beschreibung der Orte in romanischer Literatur, schreiben könnte. Da hab ich nicht gut zugeben können, dass ich nur die Hälfte der Bücher kenne. Aber egal. Es war gut, sie jetzt zu lesen.«

Der Wirt kommt mit dem Campari. Ich zünde mir eine Zigarette an.

Sophia überlegt. »Welche Orte sind die besten?«, fragt sie.

»Die Häuser. Zimmer. Wie sie eingerichtet sind. Diese Dinge sind versteckt in den Texten. Die Figuren heben etwas hoch, holen etwas, einen Krug, einen Stuhl. Oder eine Kerze, eine Lampe. Tassen. Dann die Türen. Auch sie sind versteckt, kommen in Nebensätzen, einführenden Sätzen vor. Trotzdem, sie sind wichtig.«

Ich hebe mein Glas, will mit Sophia anstossen. Als sie nicht reagiert, trinke ich einen Schluck. Sophia klaubt eine Zigarette aus dem Päckchen und sagt: »Genau wie hier. Nur sind sie hier nicht in Nebensätzen.«

Wir sprechen eine Weile über die Bücher, die wir mögen. Wie Vater manchmal nicht gut fand, was wir lasen, obwohl wir fast sicher waren, dass er nicht wusste, was wir lasen, unsere Bücher nicht kannte. Gedichte mochte Vater nicht. Er fand, man verstehe da meistens nicht wirklich, was gemeint sei. Vielleicht haben wir nur deshalb begonnen, Gedichte zu lesen. Auch wir waren erst nicht sicher, ob wir sie wirklich verstanden. Dann fragten wir einander: Wo ist der Fuchs, bevor er um die Ecke kommt? Was ist seine Geschichte? Wohin fliegen die Schwalben, wohin genau, wie weit in den Süden? Woran erinnern sich diese Geister im Ruinendorf? Was löst ihre Erinnerungen aus? Wir begannen auch selbst Gedichte zu schreiben, meist unsinnige, weil das lustiger war. Da kamen mexikanische und chilenische Fussballspieler vor, sie hatten schöne Namen, meist ging es auch um Nahrungsmittel, Weihnachtsbeleuchtungen und die Meerschweinchen, die wir damals hatten.

Die Camparigläser sind leer. Es ist wie früher. Hier oben auf dieser Terrasse verschwinden die Jahre dazwischen, meine Sorgen um Sophia, ihr Verschwinden in sich selbst, das Ringen um die richtige Entscheidung, unsere Eltern, wie sie sich zurückzogen, das alles nicht verstanden, nicht mehr verstehen wollten. Die Ausbildungen, die Beziehungen. All diese Anstrengungen.

Als der Wirt wieder herauskommt, betritt auch Kálmán die Terrasse. Er hat eine Zeitung unter den Arm geklemmt. Er sieht uns und bleibt stehen. Ich grüsse ihn, der Wirt sieht ihn fragend an. Kálmán nimmt einen Stuhl und setzt sich zu uns.

»Nehmt ihr noch einen? – Und Sie?«, fragt der Wirt.

Kálmán sitzt reglos, die Hände unter dem Tisch. Die Zeitung liegt auf dem Tisch, sie ist gefaltet, eine halbe Schlagzeile ist zu sehen. Er bestellt sich ein Bier. Er sieht kurz zu mir hoch, dann schaut er zu Sophia. Er schaut ihr nicht ins Gesicht, eher auf den Hals, auf den grauen T-Shirt-Kragen unter dem dunkelblauen Pulloverkragen. Dann streift er kurz ihren Blick und sieht wieder vor sich auf den Tisch. Sophia trägt keinen Schmuck, wenn sie in der Klinik ist. Auch nicht wenn sie nach den Türen sucht, wenn sie jeden Abend die Strassen abgeht, in denen sie eine richtige Tür vermutet. Zu anderen Zeiten, ohne die Suche nach einer Tür, wenn sie nicht unter die Oberfläche der Wirklichkeit rutscht, trägt sie manchmal eine schwere tibetische Halskette mit türkisen, blauen und roten Steinen zwischen den stilisierten silbernen Lotusblättern. Anderen Schmuck trägt sie nicht. Sie hat keine Löcher für Ohrringe, besitzt keine Fingerringe oder Armreife. Was sie als Jugendliche an Schmuck besass, hat sie verschenkt. Ich fand es immer seltsam, dass sie, wenn sie Schmuck trägt, eine so auffällige, grosse Halskette trägt.

Die Getränke kommen. Kálmán nimmt die Zeitung vom Tisch, rollt sie zusammen und steckt sie sich in die Jackentasche. Er nimmt einen Schluck.

Dann sagt er: »Du bist hierhergekommen.«

Sophia sieht ihn an. Auch er schaut kurz hoch. »Ja.«

Ich habe sie einander nicht vorgestellt. Vielleicht hätte ich das tun sollen. Ich sehe die beiden an. Ich bin ein bisschen unsicher und weiss nicht, ob ich etwas sagen soll und, wenn ja, was. Ich sage nichts.

Sophia sagt: »Da ist etwas, was nicht stimmt. Mit den Türen. Bei dir. Vielleicht auch bei mir. Vera hat gesagt, dass du die Türen entfernt hast. Ausser einer. Ich glaube, das ist gut.«

Auch sie trinkt einen Schluck. Dann nimmt sie sich eine zweite Zigarette, zündet sie an, raucht.

»Deshalb fällt es vielleicht erst auf. Dass etwas nicht stimmt.« Sie sieht Kálmán an. Auch er sieht sie jetzt an, konzentriert und ohne wegzuschauen.

Auch ich sehe ihn an. »Ich habe Sophia vom Kreis mit den Strahlen erzählt.«

Kálmán nickt. Er sieht zur Strasse, seine Lippen sind leicht zusammengepresst. Er nimmt noch einen Schluck Bier. Dann schluckt er noch einmal.

Sein Blick geht die Hausfassade hoch, ich folge ihm, er wandert zur alten Post gegenüber der Beiz, dann zur anderen Talseite, zum dunkelgrünen Berghang. Da bleibt er. Auch ich schaue zu den Fichten und Lärchen. Vielleicht kennt er all diese Bäume, vielleicht denkt er an ihre Namen, Fichte, Lärche, Kiefer, Arve. Sicher gibt es noch mehr, die er nicht kennt, die ich nicht kenne, vielleicht haben manche Unterarten, alle mit einem eigenen Namen.

»Sie sehen manchmal anders aus. Nicht wie Türen.« Sophias Stimme holt seinen Blick zurück zum Tisch.

In seinem Glas ist ein Rest Bier, der Schaum ist verschwunden.

»Vielleicht ist es einfacher zu dritt. Da weiterzumachen. Mit deinen Türen. Sie können zubleiben, glaube ich, oder offen. Sie müssen nicht alle verschwinden.« Auch Sophia schaut jetzt zum Berghang hinüber. Ein paar Schwalben jagen hin und her. Fast unsichtbar vor dem Dunkelgrün. Nach einer Weile nickt Kálmán. »Ja. Nicht alle sind gleich.«

Wir trinken langsam aus. Ich winke den Wirt heran, wir bezahlen und stehen auf. Sophia legt sich den Mantel über die Schulter.

Kálmán

Im Dorf
Wir gehen nicht nach links, die Hauptstrasse hinauf, dahin, wo mein Haus steht. Wir gehen nach rechts, Richtung Bahnhof. Später schlagen wir die untere Strasse ein, sie verläuft parallel zu den Gleisen. Zwischen Strasse und Häusern auf der linken Seite sind die Gärten. Beim schönsten Garten bleibe ich stehen. Es ist alles noch da, das helle Kressegrün, der Blattspinat und der Mangold, dunkelgrün, die rötlich braunen und grünen Salatköpfe. Hinten die Erbsen- und Bohnenranken. Und auch die Blumen, gross und in voller Blüte, weiss, rot, gelb, violett, die Feuerlilie. Vera und Sophia schauen mich an. Sophia streicht leicht über das raue Holz des Zauns. Wir gehen bis ans untere Dorfende. Erst da, bei der letzten Kreuzung, biegen wir links ab und gehen Richtung Haus, Richtung oberer Dorfrand. Die Strasse ist sehr steil.

Ich öffne die Haustür, trete beiseite. Vera und Sophia gehen hinein. Die Fassade ist wie immer, grau, still, im oberen Stockwerk sind alle Fenster zu. Noch weiter oben stehen langgezogene weisse Wolken am tiefblauen Himmel.

Die Zeitung lasse ich auf dem Hocker neben der Garderobe, die Jacke auch. Die Schwestern stehen im Flur. Sophia schaut die Treppe hoch. Ich gehe in die Küche, fülle Wasser in ein Glas, trinke. Vera kommt auch herein. Sophia steht auf der Türschwelle, die eine Hand auf der leeren Angel.

Im dunklen Zimmer
Dann stehen wir vor der geschlossenen Zimmertür im Obergeschoss. Vor mir steht Sophia. Sicher hört sie meinen Atem. In mir hat es zu zählen begonnen, langsam und regelmässig, die Pfosten eines Geländers.

Vera sieht uns an, dann schaut sie zur Tür und sagt: »Jetzt gehen wir rein.«

Sophia nickt, öffnet die Tür. Drinnen ist es dunkel und still. Nichts dringt heraus, kein Schatten, kein Geruch, als ob alles aufgebraucht ist, irgendwo abgesaugt und verwertet. Erst als ich im Türrahmen bin, dringt etwas heraus, in mich hinein, legt sich um die Zahlen, um dieses Geländer, zieht und drückt daran. Jetzt geht der Atem stossweise, die Luft ist zu dick und zu dünn, an meiner Schulter der Türrahmen, unten die Schwelle. Ausatmen. Bei jedem Ausatmen die nächste Zahl. Das Geländer hält.

Sophia und Vera gehen ins Zimmer. Sophia bleibt vor dem Strahlenkreis stehen, Vera geht zum

Fenster. Sie öffnet es und stösst den Fensterladen einen Spaltbreit auf. Dann geht auch sie in die Mitte des Zimmers zum Kreis. Die beiden kauern sich auf den Boden, Sophia berührt die Strahlen, reibt daran. Die Linien sind tiefschwarz. Sie glänzen. Ich glaube, Sophia schaut zu mir auf. Das geht nicht, ins Zimmer schauen. Ich lasse den Blick unten, das hält.

Vera steht auf, geht an mir vorbei und die Treppe hinunter. Nach einer Weile kommt sie wieder, Putzzeug in der einen, einen Werkzeugkasten in der anderen Hand. Die beiden Schwestern beginnen auf den Strahlen herumzuschrubben.

Der Atem wird schneller. Hier drin, in mir, ist alles dunkel. Weiterzählen. Zweihundertzwölf, zweihundertdreizehn, zweihundertvierzehn, das Geländer sehe ich nicht mehr, aber ich höre mich zählen, es ist noch nicht ganz verschwunden. Trotzdem, die Beine zittern, die Handflächen sind kalt und nass. Der Schlund und sein Gestank sind da, fast schon über mir, wie etwas, das ins Gesicht schlägt, in den Bauch. Die Zahlen können das nicht lange aufhalten, sie schlagen nur leicht zurück. Ganz leicht und langsam. Aber silbern und immer noch regelmässig. Immerhin. Doch irgendwann halten die Beine nicht mehr, ich sinke im Türrahmen zu Boden. Noch weiter unten, weit unter mir regt sich das Kellertier, sein Gestank, feucht, beissend, faul. Sein Atem ist schwer und hungrig. Die Dunkelheit will fest werden, das Tier will hinauf.

Ich will nicht mehr dahin schauen. Sophia. Vera. Sophia kauert, die Hände vor sich auf den Boden gestützt. Sie hat die Augen geschlossen. Ob es auch in ihr dunkel ist? Ob auch bei ihr etwas gegen ihre Lieder drückt und hinauswill?

Sophia legt den Putzschwamm weg und öffnet den Werkzeugkasten. Sie nimmt sich grobes Schleifpapier und einen Hobel. Sie wickelt das Schleifpapier um den Hobel und beginnt die Strahlen wegzuschleifen. Auch Vera legt die Bürste weg und sucht nach Schleifpapier. So geht es schneller. Die Striche verschwinden, das Schleifgeräusch schabt an der Dunkelheit.

Jetzt ist da noch etwas anderes, ein schärferer Geruch, hell, trockene Wiese, Wald und Tier, aber ein kleineres, schnelleres Tier. Die Pumas.

Der Kreis ist jetzt leer. Die Dunkelheit ist an den Rand gewichen, da sind Vera und Sophia, sie schleifen ein letztes Mal über den Boden. Sie pocht nur noch am Rand des Gesichtsfelds, die Dunkelheit, langsam und kühl. Ich kann aufhören zu zählen. Jetzt die Hände auf den Boden stützen, auf die Knie kommen und mich am Türrahmen hochziehen. Vera sieht mich an. Die Beine halten, der Türrahmen hält. Vera steht auf und kommt zu mir. Sie nimmt meine Hand. Einen Moment lang wartet sie, hält ganz leicht meine Hand. Auch ich warte, lasse meine Hand in ihrer. Dann führt sie mich ins Zimmer, zum Kreis. Da lässt sie mich los. Sie steht nah bei mir. Ihr Geruch schiebt sich vor den anderen. Auch die trockenen Blumen, die warmen Steine. Sophia hat das Putzzeug und den Werkzeugkasten zur Seite geräumt. Sie hält einen schwarzen Filzstift in der Hand. Sie sieht kurz zu mir auf, dann zeichnet sie ein Dreieck in den leeren Kreis.

»Das sind wir«, sagt sie, »diese Tür führt jetzt auch hierher, zu uns.«

Sie sieht mich an. Ich schaue auf das Dreieck im Kreis. Ich muss schlucken. »Ein zweiter Ausgang.«

Ich gehe zum Fenster, öffne den Fensterladen ganz, hake ihn ein und schliesse das Fenster. Das ist gut. Die beiden Pumas stehen in der Tür. Sie kommen langsam herein, die Schwänze erhoben, die Ohren aufgestellt. Die Schnurrhaare zucken. Sie kommen zum Kreis, schnuppern daran, kräuseln die Lefzen. Sie legen ihre Köpfe schief und betrachten Sophia. Der eine Puma schnuppert auch an ihr. Sie knurren leise, ein tiefes, kehliges Geräusch. Eher ein Brummen als ein Knurren. Dann wenden sie sich ab und verschwinden zur Tür hinaus. In drei Sprüngen setzen sie die Treppe hinab. Ich schaue zu Sophia. Sie sitzt reglos neben dem Kreis, auch sie sieht mich an. Dann schaut sie hinaus zur Treppe. Die Pumas sind nicht mehr zu hören.

In der Küche
Ich bin unten in der Küche. Ich habe drei Gläser Wasser getrunken. Vera und Sophia sind zurück in ihr Haus gegangen. Es ist ganz still. Ich weiss nicht genau, wo die Pumas sind. Ich habe sie nicht mehr gesehen oder gehört, seitdem sie vorhin das Zimmer verlassen haben. Wahrscheinlich sind sie nebenan in der Stube.

Nachdem wir oben aus dem Zimmer herausgekommen sind, haben wir zusammen die Tür des ersten Zimmers unten rechts wieder eingesetzt. Auch meine Schlafzimmertür im oberen Stock ist wieder in den Angeln. Das grüne Rauschen ist noch da. Die Türen der Küche und der Stube haben wir in die Scheune getragen.

Ich nehme das Gemüse aus dem Kühlschrank, schneide eine Zwiebel. Im Korb unter der Anrichte ist noch eine Kartoffel. Ich setze Wasser auf. Ich dünste die Zwiebel, gebe das Gemüse dazu und würze es. Kartoffel, Karotte, Stangensellerie, Zwiebel. Das Wasserglas ist leer, ich giesse etwas Whisky hinein. Jetzt das heisse Wasser zum Gemüse, noch einmal würzen. Der Whisky ist warm in der Kehle, der Dampf streicht über die Haut. Sophia hat dunkelbraune Augen. Ihr Blick, dunkel und ohne Umschweife. Sie hatte keine Angst. Vorhin auf der Terrasse in der Beiz sah sie beunruhigt aus, besorgt. Als ob sie das, was nicht stimmt, auch beträfe. Als ob das auch für sie etwas ins Ungleichgewicht bringen und unwiderruflich verändern würde, wenn sie nichts dagegen täte. Meine Angst war gross, in mir, vor mir auf dem Tisch, mit dem Bier und der Zeitung in meinen Händen. Sophia hat nicht danach gefragt, es war ihr nicht wichtig. Auch Vera hat nicht gefragt, nichts gefragt. Nicht vorsichtig etwas ausgeleuchtet, mich ein bisschen gewärmt mit ihren Fragen wie sonst. Sophias Stimme, sie ist leichter als Veras. Da ist mehr Luft drin, und sie ist auch ein bisschen höher, heller. Ich schöpfe Suppe in eine Schale. Auf dem Küchentisch sind immer noch die Linien. Der schönste Garten hier. Die Suppe ist heiss und würzig.

Die Schale ist leer, ich räume sie in die Spüle, hole draussen im Flur die Zeitung. Im Glas ist noch ein Rest Whisky. Oben ist die Zimmertür zu. Der Fensterladen ist offen. Es dämmert, das Licht im Zimmer ist jetzt wahrscheinlich graublau, verdunkelt vom Holz der Zimmerwände. Ich weiss, es riecht jetzt anders, nach Putzmittel, nach trockenen Blumen, nach Holz, nach warmen Steinen, und auch etwas vom scharfen Raubkatzengeruch und von Vera und Sophia ist noch da. Der Kreis auf dem Boden ist immer noch schwarz. Das Dreieck im Kreis ist fester, die Linie etwas breiter, aber nicht dunkler als der Kreis.

Sophia

In einem Vorort der Stadt
Ihr seid noch auf dem Vorplatz zu eurem Haus stehen geblieben. Du warst immer noch unsicher, nicht wahr? Wusstest nicht, ob das alles richtig war.

»Meinst du, er lässt es so?«

»Ich denke schon«, sagte Vera nach einer Weile.

Danach habt ihr über anderes gesprochen. Vera wollte wissen, wann du wieder abreist. Du wolltest wieder gehen, wolltest es aber noch nicht sagen, wolltest noch stehen bleiben, da auf dem Vorplatz, vor dem Haus, neben der Schwester. Weil alles ruhig war, nicht? Auch hinter deinen Lidern regte sich nichts. Das geflügelte schwarze Wesen flatterte nicht mehr, wollte nirgendwohin. Es schlummerte weit hinten, in deinem Hinterkopf, fast schon in deinen Haaren.

Jetzt bist du wieder unterwegs. Bist eingenickt im Zug, träumst. Der Schaffner erschreckt dich, und du kannst dich nicht an deinen Traum erinnern. Das ist ungewöhnlich, du erinnerst dich immer an deine Träume, zumindest an ein Bild, an einen halben Satz. Vielleicht hast nicht du geträumt, denkst du, sondern jemand anders, oder du bist in den

Traum eines andern geraten. Das würde dir gefallen, nicht wahr? Bei der nächsten Station steigst du aus. Das ist nicht deine Haltestelle. Bis zur Stadt, wo die Klinik ist, wo auch Vera wohnt, würde es noch etwa eine halbe Stunde dauern. Das macht nichts, steig ruhig aus.

Es ist ein Vorort der Stadt, ein Industriegebiet, etwas weiter stadtwärts sind Wohnblöcke. Du musst nachdenken, überlegen, wohin du gehen willst. Setz dich irgendwohin, trink was. Vergiss den Traum, du erinnerst dich ja doch nicht daran. Denk lieber an Kálmán, an sein Gesicht, seine Hände. Denk an Vera. Auch Vera hat seine Hände angesehen. Du möchtest wieder zu den beiden, nicht wahr? Du stellst es dir vor, ihr drei, oben im Dorf. Vielleicht könntet ihr Vaters alte Bücher sortieren oder das viele Holz im Stall. Vielleicht könntet ihr daraus etwas bauen. Das wäre doch was. Du lächelst. Aber jetzt noch nicht, denkst du. Noch nicht gleich.

Geh erst einmal noch ein bisschen weiter. Die Strassen hier sind sehr gerade, das magst du doch. Du musst nicht schnell gehen. Vielleicht findest du ja eine Tür? Wäre es nicht wieder Zeit? Eine Tür nur für dich? Die Gebäude hier sehen doch vielversprechend aus. Schau, es sind grosse Kaufhäuser, Baumärkte, Möbel, Elektrogeräte, aber auch Schuhe und Kinderkleidung, meist vier- oder fünfstöckig.

Sie sind grau, metallfarben oder braun. Geh einfach immer in die gleiche Richtung. Hier brechen die Gebäude manchmal plötzlich ab, dann erstrecken sich Wiesen oder grosse Parkplätze neben der Strasse. Hie und da ein Feld. Schau, der Holzschuppen da, vor dieser Wiese, wie aus einer anderen Zeit. Aber du willst weiter. Hier gibt es keine Kaufhäuser mehr, nur noch Lagerhallen, Produktionsstätten, kleine Fabriken, dazwischen ein- oder zweistöckige Bürogebäude.

Jetzt bleibst du stehen. Da ist ein kleines Haus. Die Aussenwände sind aus Holz, es ist ein Kubus. Im ersten Stock sind vier Fenster, eines davon ist länglich, wie eine Balkontür. Es ist eine Art Sims davor, kleiner als ein Balkon, aber doch so breit, dass man darauf stehen könnte. Die Tür des Hauses ist rot, der obere Teil besteht aus einer Glasscheibe. Die Klinke ist aus hellem Metall. In einem der oberen Fenster brennt Licht. Manchmal ist in der Ferne ein Auto zu hören. Aber hier fährt kein Auto vorbei.

Nach einer Weile, es ist jetzt schon ziemlich dunkel, geht im ersten Stock das Licht aus. Ein paar Minuten später tritt ein Mann aus der Tür. Er zündet sich eine Zigarette an, geht zum Parkplatz links hinter dem Haus, besteigt ein schwarzes Auto und fährt weg.

Bleib noch eine Weile stehen. Schau die Tür an. Jetzt bist du dir sicher, nicht wahr? In der wachsenden Dunkelheit siehst du sie schimmern. Sie ist hell, weiss oder silbern. Du stehst auf, gehst zur Tür. Du bist aufgeregt. Hast du Angst? Ja, wirklich, du fürchtest, den Weg nicht zu finden. Denk an Kálmán, an sein dunkles Zimmer, an den Kreis mit dem Dreieck. Das ist eine Tür, die du zeichnen kannst.

Jetzt gehst du die letzten Schritte bis zur roten Tür und legst die Hände auf die Klinke.

Hinter der roten Tür
Die Tür ist nicht schwer, ich kann sie mühelos aufstossen. Auf der anderen Seite ist es dunkel. Fast so dunkel wie draussen. Es sieht auch ähnlich aus wie draussen. Da ist eine Strasse, links erhebt sich eine Wand, eine Mauer, sie ist ein bisschen rau. Es könnte Beton sein. Rechts ist eine Ebene, ein Feld, nicht bepflanzt. Da ist nur nackter Boden, Erde, Stein oder Sand. Es ist zu dunkel, um es zu erkennen.

Aber ich weiss, wo die Strasse ist. Ich gehe langsam. Hier ist auch ein Geruch, es riecht wie ein warmer Tag, würzig, ein bisschen wie nach Heu, aber von unbekannten Gräsern. Da ist noch etwas. Da ist jemand oder etwas, der oder das vor mir hergeht. Manchmal wartet es, aber kaum bin ich nah genug, um etwas zu erkennen, läuft es weiter, schnell und lautlos. Es ist nicht bedrohlich. Wenn ich länger still stehe, höre ich es atmen. Es atmet schnell.

Die Strasse führt leicht nach unten und nach rechts. Ich gehe schneller. Ganz weit vorn sehe ich etwas, es ist heller da. Die Strasse wird breiter, sie ist dunkelbraun wie Tropenholz oder von der Sonne verbrannte Lärchenbretter. Und das da vorn ist nicht einfach hell, sondern grün, da sind Pflanzen.

Mein Rucksack ist ziemlich schwer, viel schneller kann ich nicht laufen. Aber da vorn bewegt sich etwas, ein Schatten. Es ist ein Tier. Es läuft einem anderen hinterher. Während das erste, ohne langsamer zu werden, von der Strasse springt, bleibt das zweite stehen. Ich werde langsamer, bin ausser Atem. Ich gehe auf das Tier zu. Es steht im Gegenlicht, ich sehe nur seine Umrisse. Es ist eine Raubkatze. Ich glaube, sie sieht an mir vorbei, der Strasse entlang zurück. Sie rührt sich nicht. Auch ich stehe still. Ich denke nicht, dass sie mich angreifen will, ich bin nicht ihre Beute. Meine Augen gewöhnen sich langsam ans Licht. Da sind grosse Pflanzen links und rechts der Strasse, Farne und andere grosse Blätter. Sie sind grösser als ich. Dazwischen stehen Bäume, Laubbäume mit mächtigen Stämmen. Ich kenne keinen davon. Die grosse Katze dreht leicht den Kopf. Ich glaube, sie hebt die Lefzen. Ihre Reisszähne leuchten in der dunklen Schnauze. Jetzt sehe ich ihre Schnurrhaare zucken. Sie grollt, tief in der Kehle. Dann springt sie mit einem Satz von der Strasse und verschwindet im Wald. Ich packe mit beiden Händen die Rucksackträger und laufe hinter ihr her.

Kálmán

Am oberen Dorfrand
Der Rasenmäher ist schwer, schwerer als erwartet. Aber wenn er einmal aus dem Schuppen heraus ist und auf der Wiese steht, geht es gut. Die Klinge nachschleifen, den Benzinstand und das Öl kontrollieren. Dann Linie um Linie abgehen, dazwischen den Sack mit dem Gras leeren, es ist wie Malen, Streifen um Streifen wird die Wiese dunkler. Es ist laut wie ein Zimmer, ganz angefüllt mit Motorenlärm, kein anderes Geräusch dringt hindurch.

Am Zaun steht der Knecht vom untersten Hof. Das Motorzimmer ist verschwunden. Das Geräusch ist hart geworden, irgendwo unten in der Lunge.

Aber der Knecht grinst. »Das Gras – brauchst du das?«

Das harte Geräusch kriecht nach oben. Das geht nicht. Ich schlucke es.

»Ich könnte es nachher holen, wenn du's nicht brauchst.«

Der Griff des Rasenmähers ist hart. Ich lasse ihn los, nicke. »Ist gut.«

Hoffentlich war es laut genug. Er nickt, er hat mich gehört.

Als er später kommt, das geschnittene Gras in seine Heusäcke füllt, sagt er: »Du bist ein Freund von Vera, nicht?«

Ein bisschen Gras rieselt neben dem Sack auf den Boden. Er sieht mich nicht an, füllt weiter Gras in die Säcke.

»Früher sind die beiden zu uns gekommen, sie wollten helfen.« Er lacht auf. »Im Heu herumspringen, das nannten sie helfen. Und wenn wir sie riefen, für Käse und Brot – sie hatten immer Hunger –, waren sie verschwunden. Im Heu, irgendwo zuoberst in der Scheune. Ich musste schauen, dass ich das Tor nicht abschloss am Abend. Sonst wären sie da jetzt noch drin.« Er lacht leise und schaut auf.

»Ja«, sage ich. Ich bin ein Freund von Vera. Und von Sophia.

»Weisst du, ob sie länger bleiben?«

Ich schüttle den Kopf. »Sophia ist schon wieder abgereist. Vera muss übermorgen zurück in die Stadt.«

Er sieht mir in die Augen, ich weiss nicht genau, er möchte vielleicht noch etwas wissen, etwas anderes. Ich sehe auch hoch, er hat die Augen zusammengekniffen, sie sind hell, blau und freundlich. Er lächelt wieder. Wie alt er wohl ist? Seine Haut ist sonnengebräunt und glatt. Aber seine Haare sind an den Schläfen grau. Er lädt die Säcke hinten auf die

Ladefläche seines Jeeps, ich reiche sie ihm über den Zaun.

»Und du? Bleibst du länger?«

Ich bücke mich zum letzten Sack. Dieser Ort, ich kenne ihn. Noch nicht gut, aber ich kann ihn ansehen, Haus für Haus, Gasse für Gasse, der Wald über dem Dorf, dunkelgrün, da wird der Atem ruhig. Ich kenne noch nicht alle Bäume. Die Türen in meinem Haus sind zu, oder offen, oder entfernt.

»Ja.«

Ich denke, das geht. Der Knecht erzählt von Vera und Sophia. Die Verkäuferin fragt, ob ich noch eine Zeitung möchte. Der Wirt nickt mir zu, er sagt nicht mehr guten Tag, was darf's sein. Dieser Ort ist nicht fremd, er ist nicht meiner, aber ich bin hier und auch der Knecht, der Wirt, die Verkäuferin. Und Vera. Sie sagte, sie komme übernächstes Wochenende wieder ins Dorf. Das sage ich dem Knecht, vielleicht ist es das, was er wissen wollte.

Er sitzt schon im Jeep, er nickt. »Das ist gut.« Er nickt noch einmal und lächelt. »Dann vielen Dank. Und schönen Abend. Und wenn du noch mal mähst, das Gras nehm ich gern.«

Im grünen Zimmer
Ich sehe die Zimmerdecke, es dämmert noch. Die Schatten an der Decke bewegen sich. Wolken, si-

cher sind sie draussen heller. Manchmal bewegt sich lange nichts. Dann schlafe ich, ich bin ich draussen, ich bin ich und auch ein Tier. Ich laufe durch einen Wald, er ist nicht dicht, es ist hell, etwas blendet. Nichts tut weh. Ich trage Dinge, ein Tierfell, das ist schwer, Waffen, Nahrung in einer Schultertasche aus Stoff, die Riemen kratzen. Der Wald verschwindet, da ist verbuschte Landschaft, dann fällt das Gelände ab, vertrocknete Wiese, dann ein Platz. Sophia ist da, kauert auf dem Boden, sucht etwas oder sieht etwas an. Ich kenne sie. Sie fährt mit der flachen Hand immer wieder über den Asphalt. Ich stehe vor ihr, ich bin nicht ausser Atem, ich könnte noch lange laufen. Sophia steht auf. Ich habe das Jagdmesser in der Hand. Ich will es in ihren Bauch stossen, es geht nicht. Ich versuche es noch einmal, aber ich erreiche sie nicht. Sie sieht mich an.

»Ist es jetzt gut?«, fragt sie.

»Ja«, sage ich, »komm mit.«

Wir gehen über den Platz. Wir gehen ins Dorf. Kommen zu meinem Haus.

»Du kannst hier wohnen«, sage ich. Sophia ist gleichzeitig auch der Offizier. Sie oder er schaut sich um. Dann geht sie die Treppe in den ersten Stock, jetzt ist sie nur noch Sophia. Ich setze mich auf den Hocker und schaue ihr hinterher. Dann ist es eine

Weile dunkel. Als ich aufwache, schlägt das Herz ganz ruhig.

Im Wald
In der Küche ist es still. Die Bücher, die ich anschauen will, sind jetzt auf dem Küchentisch. Die Pumas habe ich nicht mehr gehört, kein Kratzen, kein Knurren.

Die Stille ist tief. Auch die Dunkelheit, nachts im Haus. Im verschlossenen Zimmer ist es am dunkelsten. Immer noch. Etwas bewegt sich da. Aber es ist nicht mehr wie vorher, als etwas nicht stimmte. Es ist anders. Die Dunkelheit, auch sie ist nicht fremd, genau wie der Ort. Die Hände an der Tür. Die Türfalle runterdrücken. Die Tür aufstossen. Da. Vor mir, im Zimmer. Ich kann hineinschauen. In der Tür stehen. Die Hände am Türrahmen. Zählen, atmen, schauen, zählen. Draussen ist es jetzt ganz dunkel.

Ich sehe den Kreis nicht. Aber der Geruch, immer noch mit ein bisschen Holz, Vera, die warmen Steine, die trockenen Blumen. Der Kreis ist da, in ihm das Dreieck, der andere Ausgang. Es ist da. Die Dunkelheit kommt heraus, zu mir. Der Atem stockt, die Lunge wird unbeweglich. Die Dunkelheit summt. Sie ist ganz nah. Dann atme ich wieder, zähle, atme. Ich schliesse die Tür. Sie bleibt zu.

Unten in der Küche sind die Bücher. Ich bin noch nicht müde. Ich hole mir ein Glas Wasser und einen Whisky. Erst nur blättern. Eine Biographie von Beethoven. Das alles kenne ich nicht, all diese Dinge, die Musik, all diese Orte. Nur die Namen, aber sie sind noch leer.

Am nächsten Tag bin ich im Wald. Morgen reist Vera ab. Ich will durch den Wald gehen, erst dann Dinge fürs Abendessen kaufen. Sie kommt zu mir, sie will auch Bücher mitbringen und die Reste aus ihrem Kühlschrank.

In den Bäumen ist Wind. Hier unten auf dem Weg ist er nicht, das Gras bewegt sich kaum. Oben rechts im Blick ist ein Schatten, er bleibt da, auch jetzt, da der Wald sich lichtet. Er ist dunkler als Schatten, tiefer. Ein Loch, wie ein Eingang. Gestern Abend war er schon da, hat sich ausgebreitet beim Lesen. Beim Aufschauen ist er in den rechten oberen Blickwinkel gewichen. Jetzt ist er neben mir, tut nichts, sieht mich an. Er legt sich auf die Brust. Die Pumas würden ihn vertreiben, aber sie sind nicht hier. Ich bleibe stehen. Warte, bis wieder Ruhe in den Atem kommt.

Der Hang ist nicht steil, da sind junge Föhren und Lärchen, hohes Gras mit Farn. Ein Rehbock hinter den Bäumen, plötzlich hebt er den Kopf. Er sieht hierher. Dann den Weg hinauf und wieder zu mir. Oben der Wind in den Wipfeln. Rechts neben dem Rehbock ist der Schatten, der dunkle. Auch er sieht her, doch ohne Gesicht, ohne Augen. Der Bock wendet sich ab, frisst wieder. Der Schatten steht wie Rauch zwischen den Bäumen. Gleichzeitig legt er sich um den Blick. In ihm drin ist es gross und tief. Ich schaue zum Weg, gehe langsam weiter, der Schatten hinter mir.

Im Schatten ist ein anderer Weg, ein anderer Wald. Der Boden dunkler, feuchter. Weit hinten ein anderes Dorf. Da waren Dorfbewohner, ältere, Frauen und Kinder, wir kannten niemanden. Wir mussten sie nichts fragen, nur schiessen, manchmal Häuser anzünden, Hütten, Schuppen, Pferche. Die Kleinen mit dem Messer, wenn es ging. Dann weiter. Durch den Wald ins nächste Dorf. Im Schatten sind die Stimmen, manchmal schrie jemand, den wir nicht gefunden hatten. Das ging, dieser andere Weg, der andere Wald und das Dorf, sogar die Schreie. Wir wussten, was zu tun war. Wir kannten uns aus damit. Dahinter sind die anderen Dinge, die Zellen, feucht und dunkel, die Räume mit den Betten, den Gurten, den Geräten, hell und kalt. Sie würden in mich hineinkriechen, mich füllen, nicht nur den Blick.

Vor mir ist dieser Wald hier. Hier gibt es andere Vögel. Turmfalken, Spechte, Eichelhäher, Tannenmeisen. Alles andere bleibt im Schatten, hinter mir oder im rechten oberen Winkel des Blicks. Jetzt kommen die Wiesen, das Gras steht hoch, kleine Vögel fliegen hinein und wieder hinaus. Ich weiss nicht, wie sie heissen. Vielleicht weiss es Vera. Ich höre die Vogeljungen piepen. Seltsam, dass es das gibt. Da ist es doch am gefährlichsten. Schon in einem Busch zu nisten wäre weniger gefährlich. Vielleicht gibt es einen Grund dafür.

Dann die Abzweigung, da kann ich weiter hinauf, ein enges Seitental, oder zurück zum Dorf. Ich gehe noch ein Stück weiter. Danach muss ich alles zurück, es ist steiler hier, aber auch schöner. Der Weg wird schmal, der Wald ist näher. Den Teil mit den Wurzeln lasse ich sein. Das geht nicht mehr so gut jetzt. Schon der Abstieg von hier wird mühsam genug. Nicht wie im anderen Wald, da sind wir gerannt, egal wie steil es war, wie uneben, egal wie schwer die Ausrüstung war. Meistens war es nicht viel, kaum mehr als die Waffen, Maschinenpistole, Munition und Messer, manchmal Handgranaten.

Das ist nicht mehr. Die Sicht wird dunkel und wieder hell. Hier gibt es Sauerklee und Walderdbeeren. Ich kann langsamer gehen bergab und Pause machen, wenn die Kraft plötzlich schwindet, wenn es weh tut. Erst jetzt denke ich auch das. Das, was jetzt weh tut. Was noch im Rücken ist, in den Stümpfen, in den Hüften, im Kopf. Der Schmerz fliesst schnell von unten nach oben, in die Lunge. Die ist plötzlich leer und heiss, auch dann verschwimmt die Sicht, hell, viel zu hell. Schon das sei gut, meint der Therapeut. Schon das Denken an den Schmerz. In Worten und Sätzen daran denken. Auch wenn ich nichts gegen ihn tun kann – er sagt noch nicht –, wenn niemand etwas richten kann, etwas lösen, niemand da hinfassen soll. Das will ich nicht. Nicht mehr.

Auch das kann ich denken. Ich will nicht. Dann wird es schwer und weich in der Brust, im Gesicht. Ich will nichts mehr, nur einen leeren Raum um mich herum, niemand drin, niemand, der spricht, fragt, mich anfasst. Auch meine Stimme versiegt dann, auch das will ich nicht mehr. Nicht sprechen. Antworten. Erklären. Deshalb bin ich hierhergekommen. Deshalb will ich hier sein. Hier höre ich sie alle, die Pumas, das Kellertier, auch den Schatten hinter mir würde ich hören. Ich kann ihre Stimmen auseinanderhalten. Das Erinnern. Aber jetzt sind alle Stimmen still. Da ist Vera. Ihre Stimme. Sie sagt meinen Namen, sie wartet, sie stellt nicht viele Fragen. Wenn sie fragt, geht es nicht darum, was ich antworte. Nicht ausschliesslich. Sie fragt, als ob es reichte, die richtigen Fragen zu finden. Auch Sophia fragt nicht. Sie ist wegen der Tür gekommen, ihretwegen und meinetwegen. Es hat sie beschäftigt, und jetzt ist es erledigt. Sie will nichts. Ob Vera etwas will? Ich kann sie fragen. Dann versucht sie die richtige Antwort zu finden. Ich will ihr zuhören.

Auch das ist gut. Das wusste ich nicht.

Am Bahnhof
Wir gehen durch das Dorf. Vera hat schon gepackt. Ihr Koffer steht beim Eingang. Von ihrem Haus sind es nur ein paar Minuten zum Bahnhof. Wir gehen schweigend. Von der Beiz, unten an ihrem Haus vorbei, die Dorfstrasse hoch, am Brunnen vorbei, zu meinem Haus. Wir gehen hinein, Vera geht in die Küche, sie hat noch eine angebrochene Milch und einen Rest Brot dabei. Sie versorgt die Lebensmittel, die leere Tüte legt sie auf den Tisch. Sie sieht mich kurz an, runzelt die Stirn. Ich weiss nicht genau, was sie meint. Ich nicke.

Wir gehen zum Dorf hinaus, bis zur alten Kirche. Wir sprechen nicht. Dann nehmen wir die untere Strasse zurück zum Dorf. Ich sehe den untersten Hof, der Jeep des Knechts steht vor der Scheune.

»Wie heisst der Knecht?«

Sie folgt meinem Blick. »Marchet. – Seinen Nachnamen kenne ich nicht.« Sie schüttelt leicht den Kopf. »Sollte ich wahrscheinlich, wir haben immer da gespielt, früher. Im Heu.«

Ich erzähle ihr, dass ich den Knecht, Marchet, getroffen hätte, dass er mein Gras brauchen könne und er von ihr und Sophia gesprochen habe. Vera lächelt. Wir kommen zu den Gärten. Wie lange diese Blumen wohl blühen?

Dann sind wir wieder bei ihrem Haus. Sie holt den Koffer, und wir gehen langsam zum Bahnhof. Der Zug steht auf dem vorderen Gleis. Eine Familie mit zwei Kindern steigt ein. Sie haben grosse Rucksäcke dabei. Vera sieht mich an. Ich sehe, wie sich die Familie einen Platz sucht. Ich will Vera auch ansehen. Ich sehe den Asphalt, da sind winzige rötliche Steinchen drin.

Ich frage: »Weisst du, welche Vögel in den Wiesen nisten?«

Jetzt sehe ich hoch. Vera lächelt.

»Lerchen nisten am Boden, glaube ich. Und Braunkehlchen. Ihretwegen dürfen die Bauern nicht mehr mähen, wann sie wollen.«

Sie nickt, greift nach dem Koffer und geht zum Zug. Sie sieht kurz zu mir und steigt ein. Sie verstaut den Koffer, legt ihren Rucksack auf einen Sitz am Fenster. Sie sieht zu mir hinaus. Dann kommt sie noch einmal heraus. Sie hat einen Schlüssel in der Hand.

»Hier. Falls du mal andere Bücher lesen möchtest. Oder nicht in deinem Haus sein willst.«

Ich weiss nicht, was sagen. Sie streckt mir weiter den Schlüssel entgegen.

»Nimm ihn. Er gehörte Sophia. Sie meint, sie brauche im Moment keinen Schlüssel fürs Haus.«

Ich nehme ihn. Er hat einen metallenen Ring. Ich stecke ihn in die Hosentasche.

Vera nimmt meine Hand. Die Linke, mit der Rechten halte ich immer noch den Schlüssel in der Tasche. Sie fährt mit dem Daumen über die Narbe. Danach hält sie die Hand noch etwas fester. Ihre Haut ist warm. Die Luft ist plötzlich wie ausgehöhlt, der Atem zittert. Ich weiss nicht, was passiert. Ich schaue ihre und meine Hand an. Vorsichtig drücke ich auch ein bisschen fester. Etwas drückt gegen die Kehle. Ich beisse von innen auf die Lippen. Das will ich nicht. Aber ich will nicht, dass es aufhört. Ihre Hand um meine. Das Drücken auf die Kehle, es schnürt sich um die Lunge. Ich muss schlucken, aber da ist nichts im Mund. Ich muss schlucken.

Sie sieht in mein Gesicht. Ihre Hand ist fest und warm. Als ob nichts sie bewegen könnte. Wie eine Säule, ein Balken. Sie hebt die andere Hand zu meinem Gesicht. Ich kann mich nicht rühren. Etwas schiebt sich in meinen Blick. Ihr Gesicht ist nah, die Spuren ihrer Fältchen um die Augenwinkel. Sie berührt die Haut unter meinem rechten Auge. Ganz leicht. Erst jetzt erschrecke ich, mein Blick fällt nach unten. Unsere Hände, auch das schreckt zurück, auch diese Hand muss in die Hosentasche. Sie reibt leicht ihre Finger. Sie reibt es ein, was sie weggewischt hat, in ihre Haut. Ich weiss nicht, was ich tun soll, wohin schauen, ob ich etwas sagen soll.

»Entschuldigung.«

Sie sieht mich an. »Nein. Wofür denn?«

Ich weiss es nicht, ich zucke mit den Schultern.

»Eben«, sagt sie leise.

Erst jetzt fliesst der angehaltene Atem hinaus. Die Lunge wird wieder gross und kühl. Ich sehe ihre Augen. Es ist seltsam. Der Schatten ist ganz klein, im oberen rechten Augenwinkel. Trotzdem. Nichts drängt mich weg. Ich kann nicken. Und sie ansehen.

Sie steigt in den Zug, winkt noch einmal. Auch ich winke. Auch das ist seltsam, aber es geht. Alles hält. Dann gehe ich langsam über den Bahnhofsplatz. Als ich zur unteren Strasse komme, fährt der Zug an. Ich schaue ihm nach. Ich sehe sie am Fenster sitzen, sie sieht mich immer noch an und hebt kurz die Hand.

Dank

Wir sind in viele Welten eingetaucht, nicht nur in jene dieses Textes. Deine Aufmerksamkeit, deine Anregungen und guten Ideen reichten von den Kommas bis zum Titel. Danke, Franziska Schläpfer, für die prallvollen Stunden mit dir.

Danke, Kathrin Siegfried, für deine Unterstützung auf dem Weg durch meine eigene innere Landschaft. Ein Teil davon wurde zu diesem Buch. Danke, Ruth Gantert, für deine Ermutigung, weiter- und fertigzuschreiben; Martin Jenni, für die richtigen Fragen und unsere Gespräche, bei denen wir nichts auslassen; Bruno Claus, für deine Begeisterung, die ein Energiereservoir sondergleichen ist.

Danke, Jan und Ramun Rehwinkel, dass ihr immer da seid.

Danke der ganzen Klasse Literarisches Schreiben 2021 der Schule für Angewandte Linguistik Zürich für jede Frage, jede Kritik und jede Anregung. Danke der Studer/Ganz-Stiftung für das Katapult eures Preises.

Danke, Lucia Lanz und dem ganzen Team des Lenos Verlags, für alles, weswegen dieser Text jetzt dieses Buch ist.

Schweizer Literatur im Lenos Verlag

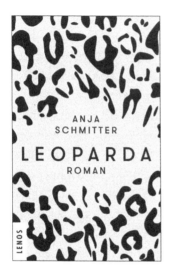

Anja Schmitter
Leoparda
Roman
226 Seiten, Hardcover, mit Schutzumschlag
ISBN 978 3 03925 025 7

»Eine geschliffene Sozialstudie, die gerade mit der Leerstelle prunkt. Denn die Erzählerin ist unzuverlässig, die Geschichte total absurd, und genau diese Kombi macht die Lektüre zu einem Ritt durch den Lebensdschungel einer Mittzwanzigerin.«
Christina Vettorazzi, Buchkultur

Schweizer Literatur im Lenos Verlag

Peter Gisi
Mutters Krieg
Roman
141 Seiten, Hardcover, mit Schutzumschlag
ISBN 978 3 03925 019 6

»Wie er Wege aus seiner Isolation findet in ein Erwachsensein
mit Sprache, Büchern und Mitmenschen, erzählt Peter Gisi auf
eindrückliche Weise, die stets auch Wärme und leise Ironie zulässt.
Der 65-jährige Basler verwendet wunderbar sinnliche Sprachbilder,
in denen Erinnerungen duften, Warenhauslüftungen Glücksgefühle
auslösen oder Musik in der Farbe Gelb erklingt.«
Frank von Niederhäusern, kulturtipp

Schweizer Literatur im Lenos Verlag

Gabrielle Alioth
Die Überlebenden
Roman
269 Seiten, Hardcover, mit Schutzumschlag
ISBN 978 3 03925 015 8

»Sexuelle Gewalt, das Dulden und Schweigen der Frauen, auch wenn es um ihre eigenen Kinder geht: Es ist ein bedrückendes Bild, das der Roman auf eindrückliche Art zeichnet. Und die Frage stellt: Kann es gelingen, dieser ›Erbschuld‹ zu entkommen?«
Bernadette Conrad, Schweiz am Wochenende

SCHWEIZER LITERATUR IM LENOS VERLAG

Pascal Janovjak
Der Zoo in Rom
Roman
Aus dem Französischen von Lydia Dimitrow
272 Seiten, Hardcover, mit Schutzumschlag
ISBN 978 3 03925 003 5

»Pascal Janovjaks Roman ist eine Zeitreise durch das 20. Jahrhundert. Seine Figuren stürzen sich in ein Abenteuer, das nicht nur die Bedeutung des Zoos in unterschiedlichen Facetten – politisch wie kulturell – zeigt, sondern auch das Verhältnis der Menschen zu den Tieren.«
Esther Schneider, Schweizer Radio

MIX
Papier | Fördert
gute Waldnutzung
FSC® C083411